FRÉDÉRIC

CW00447458

LOUP-LÈS-LIMBES

LES AMOURS DE BITUME, T.3

Roman

<u>Correctrice</u> : Farida Derouiche
fafacorrige@gmail.com

© Frédéric Bleumalt. Tous droits réservés.
ISBN n° 9798861436984.
Édition : 1.

Frédéric Bleumalt (Île-De-France)
Dépôt légal : septembre 2023

www.fredericbleumalt.com

Loup-lès-Limbes

But how can I love what I know I am gonna lose ?
LORDE – FALLEN FRUIT

J'suis le roi, j'suis le roi,
D'un palace antarctique,
Quand t'es pas là, j'patine,
J'ai le myocarde titanic
Des fois je me noie,
Au sommeil mécanique
Mes violons prennent l'eau
Dans ma tête comme un hic
BABX – CRISTAL BALLROOM

Toi t'as creusé là au plus près
Du cœur que j'avais toujours bétonné
Toutes les terres où je jurais de ne jamais t'emmener
EDDY DE PRETTO – NU

Oh, we dance
As you walk me to my door under the sky that has no stars
Then we dance
Oh, how I've missed you
Oh, I wanna kiss you
And then we dance
Woven in each other's tissue
Fill all my holes with you
DREAM WIFE - MASCARA

De cette période, j'ai encore la conscience traumatique, le cœur en tétanie et le souvenir de toutes mes limites franchies.

Je suis sûr qu'au passage, le palpitant a même dû manquer un ou deux battements.

T'as rouvert les yeux, tes grandes mirettes rondes comme des billes, et tu les as posés sur moi.

Tes yeux dans les miens qui se sont mis à tout voir à travers un voile d'eau salée.

Et la lumière fut, comme on dit.

Tu t'es reconnecté à ton corps, au monde, au fil du temps qui court, à moi, et ta bouche a retrouvé la mienne. C'est moi qui l'y ai posée, en dépit du monde autour, sans souci pour le personnel hospitalier. T'as eu l'air surpris. Soufflé par cette attitude nouvelle que tu ne me connaissais pas. Ça a même dû jouer sur ce sentiment d'irréalité dans lequel tu baignais encore.

Ton retour au monde a tout aboli. Je ne voyais plus l'alentour. Ma focale se bornait à toi. Uniquement à toi.

Très vite, tu m'as demandé, avec ce mélange de malice et d'angoisse qui te caractérise, ta voix toute cassée d'avoir été trop longtemps éteinte : « T'as fait quoi pendant tout ce temps ? » mais surtout, la question, cruciale, celle qui te grillait l'esprit, quand tout te revenait par éclairs, quand je te racontais ce qui t'avait conduit ici : « On en est où ? Tu m'aimes encore ? » T'avais l'air si faible, friable. L'âme et le corps en crêpe dentelle. Si suspendu à ce qui sortirait de ma bouche. Comme si ta vie se jouait là-dessus. Sur une réponse aussi facilement jetée qu'un coup de dés.

Logique, au fond : t'as jamais vécu que pour être adoré.

Ça a été ta principale préoccupation avant de t'inquiéter de ton propre état de santé.

Aujourd'hui, j'ai décidé de faire d'une pierre deux coups, de faire courir mes doigts sur le clavier pour répondre à ces deux questions inséparables et retracer ce que t'as manqué.

Je vais tout te mettre en vrac, rassembler les notes que j'ai tapées sur mon téléphone quand t'es parti, le suivi des événements, les autres souvenirs qui ont compté et qui ont dérivé dans ma tête.

Avant, pendant et après.

Je vais te raconter, te dire les mots que j'ai toujours retenus, les choses que je voyais en te regardant, les choses que j'espère derrière et devant nous, tout ce que ton absence a fait remonter, des traînées de soufre aux traces bouillonnantes que t'as laissées dans ton sillage, en tentant de rien oublier dans la foulée.

Je voudrais pas que tu repartes avant de savoir ces trucs.

La vérité, c'est que pendant les huit mois où tu te la jouais insaisissable, je crois que je t'ai a...

Pour la première fois de ma vie, je t'ai regardé.

J'ai regardé ce que ton absence, ce que ta vie suspendue disait de moi, ce qu'elle dessinait en moi.

Toi-même tu sais, c'est pas mon genre, pas dans mon tempérament de m'étaler. Je force ma nature. Mais y a des fois où il faut, où t'as pas d'autre choix que de faire la nique à ta nature.

Mes notes, ce que je suis en train de broder pour toi, ça sera rien qu'un long poème vulgaire et usé, une peine bateau comme il en existe des milliers, des millions, un navire sur une mer d'huile, une plainte qui tire partout comme un laser et qui éclairera rien d'autre que mes plaies.

Un truc où je me dénude comme pas permis.

Un truc que j'assumerai peut-être pas de relire, mais nécessaire.

C'est con, la vie.

Avant toi, je savais rien de mon malheur.

Pendant huit mois, j'ai questionné l'après toi ; je me suis demandé comment ce serait possible d'exister. Je ressors de toi en marchant comme un éclopé. Mes lignes droites deviennent courbes, ellipses, zigzags. Si t'es pas là, je vais plus nulle part.

Est-ce que je dois te remercier ou te maudire sur les générations que t'auras jamais ?

Des collections d'instantanés.

Voilà ce que je compte faire. Je vais être l'exégète de ta vie. Cette vie que j'ai cru voir filer. Je t'avoue que je me leurrais pas. J'étais pas là à me gonfler d'illusions. La pensée positive, ça a jamais été mon délire. Les infirmières avaient beau entourer tout de barbe à papa, les médecins, eux, tortillaient pas. C'est la division des tâches : les femmes en blouse sont là pour te consoler des claques de réalisme que te flanquent les toubibs.

Personne savait quand tu rouvrirais les yeux ni si ça arriverait un jour.

Coma carus : voilà où tu te trouvais. Dans un endroit physique et intangible. Plongé dans le sommeil profond des princesses débiles, des petits pédés incapables de résister à l'impulsion d'aller se piquer sur toutes les aiguilles, se planter sur toutes les quilles, sauter sur toutes les anguilles, sur toutes les bites du monde.

J'étais passé ce matin-là, comme la veille, l'avant-veille, et tous les jours avant.

Je déteste les hôpitaux, cette ambiance, ce décor neutre, tout en blancheur et en gris dégueu, cette vieille lumière nauséeuse. Si tu savais... Je connais trop, mais faut croire qu'on y est toujours ramené. *Mektoub*[1]. C'est mon destin.

J'ai passé des heures à te regarder couché dans ton lit, à rien faire d'autre que de me dessécher les yeux pour essayer de comprendre comment ça avait pu vriller de la sorte. Et l'autre partie de moi venait ajouter son fiel et me disait que c'était couru d'avance.

La vérité, c'est que j'arrêtais pas de me dire que si ce soir-là je t'avais tenu tête au lieu de poser cet ultimatum, si je t'avais obligé à rentrer à la maison, si je t'avais forcé à sortir de ce putain de club à touz, si j'avais pas démissionné salement en te disant d'aller te faire foutre où tu voulais, t'en aurais pas été là aujourd'hui.

À un moment, je me suis levé de ma chaise et je suis venu tout près de toi. Après plusieurs jours, j'ai senti que j'étais mûr pour te dire juste ce truc-là.

— Espèce de petite merde… T'as vu où ça t'a mené tes conneries ? T'as cru quoi ? Y avait quoi dans ta putain de tête de merde pour faire ça ?

J'ai passé ma main sur ta tête avant de caresser tes cheveux. T'avais l'air en paix. Je crois que c'est ce qui me rend le plus dingue dans cette histoire. D'avoir eu l'impression d'être le seul à souffrir mes morts. Le seul à devoir supporter les conséquences de tes actes. Même toi, t'as fui dans ce sommeil pour pas voir ça.

Mes doigts se sont enroulés dans tes boucles, comme je faisais souvent le soir avant de nous endormir bien calés l'un contre l'autre.

Là, y a la porte de ta chambre qui s'est ouverte. Une infirmière a pénétré dans la pièce en me souriant comme si elle était entrée en béatitude. J'ai vite retiré ma main de ta tête. Je voulais pas qu'elle voie ça. Je détestais avoir été surpris dans ce geste qui regardait que nous. Je sais pas pourquoi les meufs, ça les fait mouiller autant de savoir que deux mecs

---

[1] Chez les musulmans, expression désignant la fatalité, le destin de l'homme et pouvant être traduit par "c'était écrit".

s'enfilent. Faudra qu'on m'explique un jour.

C'est sans doute parce qu'ils retournent leurs propres armes contre eux-mêmes.

Elle s'est excusée :

-- Bonjour… Je ne pensais pas qu'il avait de la visite. Excusez-moi.

-- Non, non… C'est bon.

Je me suis écarté et me suis foutu dans un coin de la pièce.

-- Je ne vais pas vous déranger longtemps. Je viens juste relever ses constantes.

-- Hum.

Je marmonnais. Et je détestais être ce gars imbuvable, mais je pouvais pas être autrement vu les circonstances. Y a des fois où t'y es acculé et où prendre le risque d'être étiqueté connard est la seule option valable pour ta propre survie. Je détestais qu'elle sache le lien qui nous unissait, qu'elle puisse s'imaginer des trucs, ce qu'on pouvait faire au pieu, les positions et tout. Ce petit sourire attendri, elle avait eu du mal à s'en départir. Ça m'a laissé une impression tenace d'intrusion.

Elle me regardait de ses yeux tout compatissants. Sa voix douce m'a soufflé un truc qu'elle devait dire à tout le monde, un truc pour te mettre bien dans la ouate, parce qu'évidemment, si t'es là, c'est que c'est quand même bien la merde dans ta *life*.

-- Vous venez tous les jours… C'est bien.

-- Ouais...

-- Vous lui parlez ?

-- Comment ?

-- Est-ce que vous lui parlez ?

-- Euh, non. C'est trop chelou…

-- Vous avez tort. Vous savez que…

-- Oui, je sais ce qu'on dit. Que parler aux comateux, ça les stimule, ça peut les aider à se réveiller et tout…

-- Oui… Vous n'avez rien à lui dire ? Vous pouvez lui raconter des banalités. L'important, c'est qu'il sente que quelqu'un l'attend.

Je crois qu'à ce moment-là, en plus de trouver ça con, j'étais pas prêt à te parler, parce que je t'en voulais d'avoir fait de la merde.

Mais pourquoi je t'en voulais ? C'est ce que t'avais toujours fait, non ?

— Je crois qu'il me faut un peu de temps.

À défaut de pouvoir te parler, par peur du ridicule, par peur de faire tomber tous mes mots dans le vide, elle m'a invité à t'écrire.

Comme si ça avait un sens d'écrire à quelqu'un qui n'est pas là, ou plutôt qui est là, mais qui peut rien entraver à ce que tu lui racontes.

À quelqu'un qui serait même sûrement jamais foutu de lire.

À quelqu'un qui était peut-être déjà plus rien.

Comme si j'avais déjà su faire ça, moi, écrire. À l'écrit comme à l'oral, je merdais.

C'est bien un truc de psy à la con, un conseil d'infirmière, ce genre de tours qu'on essaie de jouer à son esprit. Fallait vraiment être abruti au dernier degré pour y croire.

Ça fait quand même pitié les gens qui se raccrochent à n'importe quoi, comme ça.

J'avoue, j'ai été tenté de le faire. Y a juste que j'en pouvais plus de plus dormir et j'avoue, j'avais rien de mieux à faire, alors j'ai tenté. C'était ça ou rester emmuré dans mes souvenirs, prisonnier de toutes ces choses que je pouvais plus partager qu'avec moi-même.

Mais j'ai pas pu jusqu'à aujourd'hui.

J'écris maintenant que t'en es sorti, parce que d'un coup, tous les mots coincés dans ma tête se sont mis à se libérer, à fuser, à m'inonder. Parce que t'écrire pendant que tu dormais, ç'aurait sonné comme une lettre d'adieu, et j'étais pas prêt pour ça.

Ouais, j'aurais pu tenter l'expérience, pour que je puisse te parler en moi. Creuser tout de mots jusqu'à ce que j'aie l'illusion de te ramener un peu, jusqu'à ce que je perçoive dans mes inscriptions un moyen de te retrouver quelque part.

C'était juste pas le moment.

Je vais écrire aujourd'hui, écrire de la manière la plus brute qui soit, parce que y a rien que je connaisse d'autre que l'attaque, la beauté, l'immédiateté du frontal. Je suis pas écrivain. Je suis pas poète. Je suis pas un artiste. Je suis rien qu'un mec en creux qui a cru être heureux. Un mec qui a cru tout perdre.

Je vais remplir tout ça de toi, de mots qui te montreront tout ce qu'il y a eu dans mes silences, mes énervements.

Les mots, j'ai toujours eu du mal avec eux, pas comme toi qui les as toujours eus au coin de la bouche, ceux que tu lâches en cascade, dont tu enrobes tout, que tu enfiles comme des perles pour mieux enfiler les autres.

Tu faisais de ça un art.

Ouais, je crois que c'est encore le plus bel hommage que je puisse te rendre…

Les mots.

En même temps, j'ai tellement eu la rage contre toi. Une rage qui a fondu le jour où t'es revenu de cette arène où séjournent ceux qui hésitent entre la vie et la mort.

Tous mes mots enfermés dans un disque dur, comme les tiens ; tous mes mots rien que pour toi.

Des mots pour te montrer chaque jour que le monde fait sans toi depuis qu'il a essayé de t'expulser.

Des mots jusqu'à ce que j'aie plus besoin d'écrire pour te le dire.

Jusqu'à ce que je puisse glisser ces fameux mots dans ton oreille sans paraître trop con.

Parce que tout ce que je pense, tout ce que je fais et tout ce dont je rêve depuis, ça découle plus que de toi.

Elle avait quand même foutrement raison, l'infirmière : je vais tout écrire pour pas prendre le risque de perdre quoi que ce soit.

C'est sans doute pour ça que t'écrivais parfois.

Pour pas oublier certaines subtilités du réel.

J'ai retrouvé dans tes affaires des manuscrits imprimés, deux bouquins où il était pas mal question de moi. Overdose de rêves.

Aujourd'hui, j'ai envie de te rendre la pareille.

Fallait que tu te déchires la peau par tous les moyens. Que tu t'expulses sans cesse. Qu'est-ce que tu cherchais à tuer en toi à t'empaler comme ça sur tous ces chibres ? Y a comme un mystère irrésolu à propos de toi. Tes motifs, est-ce que tu les connaissais seulement toi-même, ou est-ce que tu te contentais d'agir selon tes impulsions ?

Quand je te pensais loin pour toujours, je me disais que je le saurais jamais. Je saurai jamais tout ce qui se passait dans ta tête, dans ton corps, je saurai jamais rien à part la certitude que je t'avais perdu et que ma vie était baisée.

*
* *

Loup ? Loup, t'es là ?

C'est vite devenu une habitude : questionner la nuit.

Celle qui remue.

Tu lisais un bouquin une fois, comme ça. Michaux, je crois. Un truc dont j'avais jamais connu que la couverture.

Dans ces moments-là, il y a qu'elle et moi dans la pièce.

Je vivais dans un huis clos fumeux. La nouvelle pesait sur moi comme un de ces gros nuages de carbone au-dessus de la ville avant que ça pète.

Mon esprit avait pas encore bien intégré la donnée.

Y a une chanson de gamin qu'on nous a appris en mater',

qui fait comme ça…

Loup, y es-tu ? M'entends-tu ? Que fais-tu ?

Loup y es-tu ? Loup n'est plus… Ou seulement à moitié.

Moi, non seulement je t'entendais, mais je te voyais...

… partout. Partout où t'étais pas. Partout où t'étais plus. Comme une silhouette de fumée. Un détourage sur le décor en mode scène de crime. Dans ma boîte noire, des boucles de toi.

Et je te cherchais. Je fouillais en moi.

Je me levais en transe de mon lit, je sondais l'appartement, je tendais les bras mais je rencontrais que le vide, l'air tout saturé de ton absence.

Je cherchais la nuit que t'étais devenu. D'un autre côté, j'étais sûr que t'étais là, tout autour, à me glisser entre les doigts.

Mes délires nocturnes me tenaient chaud.

Je vivais à travers des ronds de fumée.

Y avait comme des pans de lumière qui manquaient.

Bang bang, je tirais avec mes doigts en guise de gâchette rivée sur mes tempes.

Je voulais *die*[2] la douleur, mais tout criait dans ce silence.

J'étais plus qu'une faille vivante, battant au ralenti, un mollusque sans réelle conscience de lui-même.

Je vivais en mode automatique. Réflexes cliniques. Comme toi, en somme.

Et je cherchais ce que j'aurais bien pu te dire, si on me donnait l'opportunité de te communiquer ne serait-ce qu'un message, qu'un mot, sans trouver, tellement tout se bousculait. Mais si j'avais dû choisir un mot, un seul trait, une seule flèche à te lancer, ç'aurait été celle-là.

Reviens.

Mais cette fois-ci, ça ressemblait à un aller sans retour.

Je jouais avec le prisme en verre posé sur ta table de nuit. Les draps avaient encore ton odeur. Je me disais qu'il faudrait

---

[2] De l'anglais, mourir. Ici, par extension, "faire mourir".

que je les change, si j'en trouvais le courage.

Je m'efforçais de trouver des trucs pour remplir le vide, rien que pour éviter la nuit prédatrice, féroce, qui me regardait.

Histoire de me sentir moins seul avant que sa gueule grande ouverte ne m'avale.

Pendant un bon moment, je ressentais plus rien. J'étais plus qu'un robot.

Y avait rien de plus qu'une vie clinique, mon cœur qui claquait dans mes veines, le sang qui coulait, qui pulsait par à-coups mécaniques, automatiques. Circuit fermé qui murmurait dans mes oreilles. Chaque giclée dans mes vaisseaux me rappelait au tic tac de cette putain d'horloge, au fait que ton sang à toi risquait de se figer pour de bon, qu'il avait déjà commencé à ralentir sa course.

Avant, j'avais l'illusion de sortir de moi, de faire courir ma vie dans ton corps quand j'arrosais ton cul, quand je te remplissais de moi.

Pendant un moment, je suis devenu comme ton père.

Un homme en statue d'amertume.

C'est dans notre souffrance commune que Maurice et moi, on s'est trouvés.

Ça rapproche, de communier autour du feu cryogénique de la douleur. Un feu à effet froid qui te brûle alors qu'il cherche à te faire croire le contraire. La douleur, ça oblige à parler, à se vider ou à se remplir de boissons, de poisons d'homme, de trucs qui brûlent la gorge, qui anesthésient, redonnent le feu qui nous manque, le fouet qui claque dans le sang. J'étais là à boire du whisky, ce truc amer et dégueulasse, en me retenant de grimacer. C'était immonde, mais comme toutes les purges, au final, ça fait du bien là où ça fait mal.

J'avais tellement de trucs à te raconter.

Depuis que t'avais déserté le réel, j'avais plus de face.

Au bureau, par exemple.

Là-bas, j'étais dans ma cage en verre.

Un poisson malade dans un aquarium.

Là-bas, rien pouvait m'atteindre.

Tout était en transparence, mais moi je voyais pas plus clair pour autant. Les clients s'enchaînaient, les heures défilaient. Toujours pareil. Ce truc déshumanisant, ça a été ma colonne vertébrale. J'étais qu'une enclume qui se baladait dans l'agence. Les autres, je les entendais même plus. Tous les bruits de pas étaient étouffés. Ça faisait pas de bruit sur la moquette grise. Les larmes seraient tombées sans un son et auraient été vite bues. De temps à autre, des clients pétaient des câbles dans les bureaux voisins. De mon côté, plus rien pouvait me faire monter en température. J'étais capable de m'hypnotiser des heures dans les stylos plantés dans mon pot à crayons, à faire défiler la liste de mes mails de haut en bas, puis de bas en haut d'un glissement de molette. *Easy*. L'ambiance feutrée de l'agence formait comme une sorte de bulle. J'étais mieux au taf que chez nous. C'est pas que je pensais moins à toi, mais c'est que le décor était pas aussi saturé de ta présence qu'à la maison. Je croisais mon reflet qui se donnait l'air de rien. Pourtant, j'avais l'impression d'avoir pris dix ans. Le chagrin, ça fait des creux là où il faudrait pas. Sa version muette, je te raconte pas. Ça ravage plus que n'importe quoi. Pourtant, rien ne dépassait. Mes cheveux gominés, mon costard bien taillé, mes chaussures super brillantes. Y avait juste mes yeux cernés, détourés de lignes de faille, mon regard qui avait perdu sa sauvagerie, son côté belliciste d'avant. Mes yeux comme des trous de balles d'où partaient toutes les fêlures.

Je me donnais du mal pour offrir cette belle façade qui les empêchait de poser des questions.

Défense d'entrer.

Ce qui me plaît ici, c'est que j'ai pas de nom. Je suis Monsieur. Je suis qu'un agent, une pièce de la machine, un engrenage. On me demande rien que des choses factuelles, exemptes de toute émotion. Des sommes, des numéros de téléphone, de comptes, *des chiffres, des chiffres, des chiffres.*

La froideur clinique de l'arithmétique, du factuel, a été ma bouée.

Aujourd'hui, je suis allé chercher un client à l'accueil, comme c'est la coutume. Au premier regard, mon cerveau s'est allumé : pédé. Ses yeux coulaient déjà sur moi et une espèce de sourire courait en continu dans son regard. Je lui ai demandé de me suivre et l'ai invité à s'asseoir face à moi.

Pendant que je lui présentais les livrets qu'on avait à proposer pour des placements –– refourguer des services inutiles, tenter de vendre des crédits à la consommation, la mutuelle de notre banque –– ce sourire qui ne l'avait pas quitté depuis que j'étais venu le chercher continuait de briller, plus seulement dans ses yeux, mais aussi sur ses lèvres.

Ça crépitait tellement que ça lui tordait la bouche et faisait se découvrir ses dents.

Quand j'ai eu fini de servir mon placement de produits habituel, il a pris un temps et m'a demandé :

–– Il est très sympa, votre costume.

–– Merci.

–– Vous le portez très bien...

–– Pardon ?

–– Désolé, je suis couturier. Déformation professionnelle.

–– Ah.

Ses yeux salaces cavalaient partout sur ma chemise. Je le voyais venir, avec ses yeux fouineurs, son regard alourdi, affûté, à moitié voilé. Celui qu'on a quand on se met en chasse.

–– Vous faites du sport ?

Je le sentais essayer de s'infiltrer progressivement.

–– Oui...

–– On le voit… Vous avez l'air très bien proportionné.

Là, j'ai arrêté de répondre, enterré l'envie de lui claquer le beignet et avec elle, l'insulte que cette perspective envoyait dans la tronche de ma peine.

— Tenez, je vous donne votre chéquier. Détachez bien la petite partie à la dernière page et gardez-la précieusement. Si vous veniez à le perdre, vous appelez le numéro présent sur ce feuillet immédiatement pour faire opposition.

Je lui ai tendu ce qui lui revenait et me suis levé de ma chaise pour lui montrer qu'on en avait fini.

Le parfum de l'automne se diffusait partout dans la ville, comme des petits effluves de mort qui se distillaient.

La ville comme une sanguine, des marques laissées sur un visage avec un coup de poing américain.

En sortant du taf, j'ai passé le reste de la journée dehors à traîner sans savoir vraiment où j'allais. On aurait dit que la grisaille me suivait. Finalement, j'ai atterri dans un square. Je me suis posé sur un banc et j'ai plus bougé pendant des heures. C'est fou ce qu'on observe quand on prend le temps de s'arrêter.

Ma vie, à ce moment-là, c'était juste un temps de pause. J'étais là depuis plus d'une heure quand ce petit gars est venu se poser à l'autre extrémité de mon banc alors qu'il y avait foule de place sur les autres. Je sentais ses yeux courir sur mes bras, mes cuisses, ma gueule. Je l'avais vu venir. Ses yeux comme des aimants cherchaient à attirer les miens.

Puis, il a commencé à me sourire, à me montrer l'ouverture. Une seconde, rien qu'une seconde, j'ai vu, j'ai partagé sa vision de nous en train de baiser, puisque c'était ce qu'il avait en tête. Ça m'a traversé comme des flashs. Sauf qu'en surimpression, j'avais ta tête de chat mouillé en pleurs à l'idée que je puisse le faire.

Ça m'a lacéré de l'intérieur.

Je me suis levé d'un bond et j'ai agité mes mains devant la tronche du mec en aboyant.

— Tu cherches quoi ? Tu veux ma queue ?! Salope, va ! Dégage, là ! Va te trouver un autre zob !

Mes réactions se néandertalisaient.

Il s'est pétrifié. Puis je suis parti en défonçant la porte

métallique du square avec un bon *kick*[3].

C'est fou ce qu'on voit quand on prend le temps de s'arrêter.

C'est fou ce que je voulais pas voir.

Des salopes, des salopes comme s'il en pleuvait, des salopes partout, qu'il y avait qu'à tendre les bras. Avant, ça me faisait rien, je balayais le tout d'un geste de la main, je détournais simplement le regard pour plus les faire exister.

C'est comme si le monde continuait à tourner malgré ton état. Comme si je pouvais avoir des considérations pareilles en te sachant HS.

J'ai juste pas supporté qu'on puisse essayer de te voler ce qui te revenait de droit.

*

* *

Peu de personnes savent ce que c'est que d'être vivant dans ces cas-là. D'être celui qui est réveillé, debout. D'être celui qui est conscient.

Propulsé au cœur d'un hiver nucléaire.

T'es comme une crevasse qui s'ouvre dans l'espace-temps. T'es là, t'es plus là, t'as la conscience qui clignote, interrupteur on off, tu sais plus, tu sais plus rien de toi, du monde qui t'entoure. T'es juste le siège de ta douleur, le quartier général de toute la misère du monde. La seule chose que t'ignores pas, c'est que t'as mal.

Y a plus de début, y a pas de fin. Ton Alpha, ton Oméga, c'est la souffrance, cette bonne vieille peine du fond des âges qui te mine, qui te pine bien comme il faut, qui te met jusqu'au bout et même plus loin encore, parce que ouais, quand ça touche ceux qui sont près de ton cœur, c'est le pire. Toi, passe encore. Tu gères. Tu crois que tu pourras changer le cours des

---

[3] De l'anglais, coup de pied.

choses, de l'intérieur. Mais là, le rôle de spectateur te plombe dans ton impuissance. Ta notion du temps se fait la malle. T'as plus d'échappatoire. T'es acculé dans un coin du ring et tu peux rien faire qu'encaisser.

En fait, cette crevasse dont je parle, c'est toi.

C'est de là qu'elle part. Tu deviens l'épicentre d'un trou noir. D'instinct, tu fermes les yeux pour plus voir ça. Tu crois que ça va s'arranger comme ça, mais y a rien de pire. En toi, c'est encore plus noir, pire qu'au fond de tous les océans, pire qu'au plus profond de la terre et des recoins bizarres où l'homme a pas osé s'aventurer, tu sais, dans ces grottes tout en stalagmites, où tout sue dans le silence et où la lumière pénétrera jamais.

D'un coup, j'étais cave, meuble, ces mots chelous que j'avais même jamais utilisés tant je les pensais loin de moi. Sur le moment, je peux te dire que je les ressentais bien.

J'étais plus qu'une grotte pleine d'échos ; ceux de tes mots, tes rires, tes larmes, que des éclats de toi qui se dilataient pour mieux s'évanouir.

*
* *

J'ai pensé ça en me levant, un matin, comme contaminé par ton venin sucré : peut-être qu'il faudrait que je t'embrasse pour que tu t'éveilles ?

Avec tes rêves inusables de prince, t'aurais trouvé ça brillant. Au plus fort de ma détresse, au sommet du pathétique aussi, j'ai essayé, un matin, dès que l'infirmière a quitté la pièce. J'ai eu que la sensation râpeuse de tes lèvres désertées qui écorchaient les miennes. Faut croire que t'avais emmené ta douceur avec toi. Je t'ai regardé longtemps après ça, mon visage tout proche du tien. J'ai attendu.

Qu'est-ce que j'espérais ? Le réel me mettait minable. Contre lui, je marquais jamais aucun point.

La vie, avant, je la buvais directement à ta bouche. Je m'y connectais en me branchant à ton corps. Je rechargeais mes accus en déchargeant.

Dans ta chambre blanche, je guettais tes constantes. Pouls, saturation, tension. Des données qui me disaient rien de ce qui se passait en toi.

C'est vrai que les chiffres cryptent la réalité.

J'étais là, à essayer de te décoder, à regarder où tu en étais, avec les fils qui entraient et sortaient de toi. La poche à pisse sous le lit qui te vidait en continu, le glucose qui gouttait dans tes veines de la même façon. Entrées, sorties. T'étais plus qu'un enchevêtrement de câbles organiques et artificiels. Toutes tes veines en plastique me faisaient mal à regarder.

Des fois, il me prenait l'envie de toutes les arracher et de t'emmener loin.

Mais en fait, tu l'étais déjà, loin.

*
* *

Je me souviens, j'étais dans le métro. Mon corps était ballotté par les mouvements du wagon qui filait sur les rails.

Je sentais bien à ce moment qu'on était tous des carcasses mal habitées, de la viande en souffrance. Je voyais ma gueule dans le reflet que m'offraient la fenêtre en face et l'obscurité du tunnel.

La ville était devenue un labyrinthe depuis que tu dormais. Je connaissais tous les couloirs, je les empruntais les yeux fermés, mais je me sentais plus dirigé comme avant.

Mon moteur avait roulé dans la poussière.

Quand je rentrais après avoir été te rendre visite, y avait parfois ton père qui me disait, entre deux gorgées de son poison : « La vie continue. »

Qu'est-ce qu'il en savait lui, qu'est-ce qu'il connaissait à la vie, l'automate en stand-by depuis un million d'années, avec ses préjugés boiteux et ses phrases toutes faites, assis dans notre cuisine à picoler le même alcool, dans le même verre, à la même heure ?

Tu vois, en nous laissant comme deux cons, tu nous as donné la leçon qu'on n'avait jamais voulu apprendre.

Et le purgatoire, en vrai, il était pour nous, pour nous qui sommes restés bloqués dans cet espace où on vivait qu'à moitié, suspendus à nos manquements, à nos erreurs, à nos non-dits, confrontés à notre statut de pauvres types qu'ont jamais su accueillir correctement la vie qui t'habitait.

Le soir, c'était toujours le même rituel. Je m'allumais un joint qui grillait trop vite.

Je m'anesthésiais.

Y avait pas de demain qui tenait debout.

Il me fallait au moins cette béquille. C'est à toi que j'associe l'odeur, maintenant.

Dans le flou de la fumée, les choses paraissaient moins graves, plus imprécises. Y avait ton empreinte entre les vagues blanches, quand je restais dans le noir et que je les fixais assez longtemps. Je m'imaginais tes répliques, et dans mon demi-sommeil, je croyais t'entendre.

Je supportais plus les autres, mais je supportais plus le silence. Ça me tuait lentement. Ça faisait des traits partout. Des lacérations sur la toile de l'existence. Des brèches où je menaçais de tomber. Plus rien me transportait. Comme avant que je te rencontre.

Je voyais tous les grains du tableau. Dans la rue, j'entendais que des cris noyés, des crissements étouffés, tout le temps. Des lumières qui me fonçaient dessus et se réverbéraient partout jusqu'à m'aveugler.

Tout me semblait crayeux. Défoncé. Les trottoirs tout fendus hurlaient ton nom et y avait que moi pour l'entendre.

Tiens, je me rappelle d'une fois, dans le bus, la tête collée sur la vitre crasseuse, quand on était à l'arrêt, mon regard était tombé sur une fleur qui avait poussé dans une brèche de ciment, à cet endroit improbable.

Ça m'a fait un drôle d'effet. Comme s'il fallait que je comprenne quelque chose à cette vision très conne et sur laquelle mon regard était tombé de manière fortuite.

Un genre de « Tu vois, y a de l'espoir partout. »

Ça m'a rappelé que nous aussi, on était nés du ciment.

Je me découvre poète. C'est ouf les trucs qu'on se retrouve à écrire, des trucs qu'on pourrait jamais dire tout haut. Toi, ton truc, c'était l'absence totale de limites entre ces choses-là, justement : les choses à taire, trop crues, trop nues, que tu lâchais quand même, que t'offrais à la lumière. Tu dénudais tout. T'avais un besoin accru de vérité.

Ton existence, ça a été de te foutre à poil sur tous les plans.

Ton plus grand chef-d'œuvre, ça a été de faire fondre les armures.

Dont la mienne.

Moi aussi, tu me fous à poil.

Je vais pas te mentir. Y a des fois où je badais[4] tellement que je pensais à ta mort éventuelle.

Si tu savais comme ça me tuait, l'idée de savoir que tu finirais peut-être entouré de cités, ciment sur ciment. Au cimetière de Pantin, comme ta mère.

En même temps, la ville toute pourrie, la ville, cette vieille meuf usée, tapée, qui avait déjà tout vu, c'est là où on s'était captés. Au milieu des immeubles. À cette époque, si t'avais pas insisté, j'aurais pas vu ; je me serais jamais vraiment connu.

Là, je me suis demandé ce qu'il restait quand les gens s'en allaient ?

_____

[4] Le mot *bader* a plusieurs acceptions. Ici, dans son sens familier et moderne qui vient du mot anglais *bad*, il désigne le fait d'éprouver de l'angoisse, de la tristesse, ne pas être heureux.

L'empreinte qu'ils ont laissée sur le monde, pour les plus illustres, celle qu'ils ont laissée en vous, pour le commun des mortels. Bien souvent, ça reste que de la cendre qu'on remue le soir dans sa solitude, ou à certains moments quand une odeur, un détail, vous ramène à votre douleur façon aimant géant.

Sachant ça, sachant qu'on est que de la poussière en puissance, on ferait mieux de s'occuper à pas être trop minables, mais non, on n'apprend jamais. On se contente de suivre nos impulsions natives. Comme si on pouvait finalement rien changer à la nature de notre âme, à ses émanations.

T'as vu, bébé, comme la douleur creuse, comme elle rend profond. Elle fore dans mes nappes les plus secrètes jusqu'à atteindre une bile noire qui n'est qu'un concentré de regrets, d'amertume.

Je devenais une synthèse du désespoir.

De manière générale, je m'étais transformé en tout ce que j'avais toujours craint. Un mec domestiqué. Dépendant de tes humeurs, de tes errances, de la trajectoire que prenait ton être.

*
* *

Pourtant, on avait tout pour être bien, au départ.

Je me souviens de ta voix, de ce ton enjoué qui sonnait comme une petite musique quand t'avais dit :

-- Je suis trop heureux qu'on s'installe ensemble...

T'étais en visio avec une meuf avec qui tu correspondais et que t'avais fini par rencontrer sur Paname. Une influenceuse, génératrice de flux sans science, une faiseuse de flouz avec des trucs sans aucun sens, créatrice d'intérêts pour contenus virtuels sans intérêt. L'emploi fictif porté aux nues. Je sentais que t'étais tout fier de pouvoir le dire, l'étaler comme ça, au détour de la conversation, l'air de rien, alors que t'avais attendu impatiemment de pouvoir le placer, en le servant en toute détente, presque innocemment.

J'avais rectifié direct, sans même te laisser le temps de mettre fin à ton appel.

— On s'installe pas ensemble. Je te tolère. Nuance.

« Il dit quoi, ton beau gosse de chéri ? »

— D'où elle sait que je suis beau gosse, la meuf ?

— Bah, je lui ai montré des photos de toi.

— T'es sérieux, toi ? T'envoies des photos de moi sur les réseaux, comme ça ?

— C'est bon, c'est en DM.

— Non mais même. Qu'est-ce que t'as besoin de faire ça, toujours tout exhiber, là ?

— Je voulais juste qu'elle voie comme t'es beau.

C'est là que t'avais raccroché. Quand t'avais senti les bris de verre de ma voix.

— Oui, Charlotte, on se rappelle dans une demi-heure. Bisous.

Cet appart, c'est moi qui l'avais acheté.

Les trucs s'étaient faits de manière plus sournoise que ça. Avec tes allers-retours Paris-Arles, t'avais fini par laisser des affaires. Je t'avais ouvert des tiroirs.

Puis, au fur et à mesure, la place que tu y as prise s'est faite plus importante. Ça a été une colonisation lente. Je crache pas dessus. J'avoue, des fois, quand t'étais sur Paris dans ta cage à lapin, j'aimais bien que t'aies laissé des morceaux de toi, des trucs qu'il t'arrivait toujours de semer, d'oublier derrière toi, tes chargeurs, tes rognures d'ongles et tes chewing-gums collés sur la table de nuit. C'était le seul truc qui indiquait une continuité dans ce couple qu'on avait décidé de former. Je me faisais pas d'illusions sur ce que tu faisais les soirs de solitude parisienne. Je te demandais rien, et tu me demandais rien non plus. Du moins, au début. On était parvenus à cette espèce d'accord qui voulait qu'on garde la liberté de baiser ailleurs, mais que quand on était ensemble, personne pouvait se mettre entre nous. À partir de ce moment, tout ça n'existait plus. Les autres, c'était juste pour le huilage, l'hygiène mentale et corporelle, si je peux dire.

De mon côté, ça allait jamais chercher loin. Je me satisfaisais bien souvent de simples pipes. Je cherchais pas forcément. Le hasard se chargeait de mettre des petites putes sur ma route. Je me contentais de récolter les occasions qui se présentaient. Ça dépendait de la fréquence à laquelle tu descendais chez moi.

C'était bon, parfois, d'avoir à se manquer. D'aller mélanger nos peaux à d'autres pour mieux ré-apprécier les nôtres.

C'était comme rentrer à la maison.

Je me doutais bien que tes tournages suffisaient même pas à étancher ta soif de cul. Une vidéo, c'était quoi ? Une demi-journée de limage. Il t'arrivait d'en faire quatre ou cinq par mois, max. Tu vivotais avec ça. T'arrivais à te faire un SMIC, à te débrouiller en monétisant ton cul. J'étais toujours tenté d'aller visiter le site de la prod que t'avais rejointe.

J'étais allé voir ton profil, ta fiche acteur. Candide Pomme D'Amour, mensurations : 1,62 m, 56 kg, 17 cm, non circoncis, sans tatouage. Surnoms : Pomme d'A, CandyApple, Candy Bite. Une photo de trois quarts en premier, puis les autres, le cul présenté à l'objectif, une main posée négligemment sur la fesse, comme une invitation ; une autre prise d'en bas, avec ta queue tendue entre tes doigts, pointée vers l'appareil et ta bouche tordue, un petit air provocateur dans le regard.

Y avait aussi la liste de tous les alias sous lesquels t'avais tourné dans d'autres prods. T'avais rejoint celle-ci il y a peu, quand on s'était installés ensemble. J'avais parcouru la galerie de tes « collègues », des minets à la pelle, des variations du prototype de l'éphèbe que vous incarniez tous. Cette espèce de pont entre la meuf et le mec. C'est sans doute ça que vous avez de fascinant. Cette sorte de grâce bizarre et féminine qu'ont les corps d'adolescents.

Votre femellité. Ce mélange de genres inattendus.

Malgré tout, y avait comme une distanciation.

Une déconnexion entre le toi virtuel et le toi réel. Le fait que tu aies tes activités à sept cents kilomètres d'ici aidait. Tu te faisais souiller sur des terres où je mettais plus les pieds. Quand j'y repense, ça devait être un mécanisme de défense. Une manière de supporter un truc qui, avec le temps, m'avait semblé de plus en plus intolérable. Sur la durée, je crois que ma rustine avait commencé à s'user.

Mais au début, ce fonctionnement-là nous allait plutôt bien.

J'aimais ce petit rituel à la con : après le boulot, aller te prendre à la gare. Te voir sortir avec ce petit sourire, avec tes duvets blonds qui scintillaient sous le soleil comme si ta peau était toute pailletée d'or, aller couler dans les rues, se taper un restau comme un couple lambda, rentrer à la maison pour des week-ends pleins de baise, de séries, de fumette et de petits moments à la con dont la rareté faisait le charme.

Encore une image que je garderai en moi, ton corps qui se découpe dans l'espace entre les portes automatiques de la gare. J'en appréciais la vue, la valeur, parce que je savais qu'un beau jour, si l'envie te prenait de t'éclipser, tu serais plus là à les franchir, ces portes transparentes qui s'ouvraient devant toi.

Je m'inclinais intérieurement devant le petit miracle renouvelé, l'apparition de ton corps miniature.

T'avais commencé à disperser tes affaires au milieu des miennes peu de temps après qu'on se soit retrouvés, quelques mois après être venu faire ta drama queen en mode reconquête. En dépit de ce que j'avais laissé paraître, la démarche m'avait touché. Fallait pas avoir d'ego pour venir faire la pleureuse comme ça. Ou être complètement au bout de sa vie. Je crois que t'étais juste fou. Ou peut-être que t'étais vraiment a…, comme tu le prétendais, à supposer que tu aies jamais su ce que c'était. Y a un truc en moi qui me dit que t'avais juste voulu revenir à une forme de stabilité quand t'as senti que ta vie partait en vrille. Je me suis efforcé de mettre des barrières, d'ériger des barbelés, histoire que tu croies pas que ça pourrait se reproduire.

La vérité, c'était que j'avais pas envie que tu repartes. À ça se mélangeait l'envie de te faire bouffer ta merde, de me venger sur ta gueule que je kiffais malgré tout.

C'était précisément ça qui me rendait fou : le fait d'être quand même tout mou en face de toi. La contradiction que tu jetais sur tout.

Mais, ouais, j'étais content de te voir.

Y avait une forme de logique, de truc qui s'emboîtait d'un coup avec ta présence. Aussi facilement que nos corps.

Avant, j'étais comme en mode veille, dans le ronron de la vie qui file sans aller nulle part. Je baisais des culs à la chaîne et je rencontrais personne. Rien ne suscitait l'attache. J'étais tombé une fois, c'était pas pour recommencer. Tout était carré.

Jusqu'à ce que tu reviennes injecter ta dose de bordel.

*
*   *

De fait, je t'excluais de ma vie sociale.

Il arrivait parfois que tu viennes en semaine, que tu crèches les soirs où je répondais à des invitations lancées par certains potes de la salle ou les collègues du boulot.

Pendant que je performais le mec à l'aise au milieu des rires et des verres et bien dans ses bottes, tu m'attendais bien sagement « à la maison ».

Le bruit des clefs dans la serrure. C'était ça, qui t'alertait.

Je t'imaginais bien t'affairer, te presser d'avoir l'air occupé alors que ça faisait des heures qu'en réalité tu m'attendais en faisant les cent pas dans le salon, à te demander, à m'imaginer dans ce décor que tu connaissais qu'en photos parce qu'en rentrant, tu me demandais de te montrer. Ouais, je t'imaginais bien faire ça. T'étais du genre à mettre ton réveil toutes les demi-heures pour être sûr d'être éveillé et vu à mon retour. Tes mises en scène demandaient de la vigilance. En vitesse, tu te redressais sur le canapé et tu lançais une berceuse sur ton téléphone pour me jouer la comédie du mec endormi, paisible, pour mieux me servir cette vision attendrissante de celui qui a attendu son mec sans trop l'attendre.

La beauté trop simple de ces moments me jette vers toi aujourd'hui.

Leur pathétique, aussi.

Ta petite voix toute cassée, alors que tu faisais mine de t'éveiller, me glissait :

— Oh, Bibi… T'es rentré. Sympa, la soirée ?

Je te fixais sans répondre. Pourtant je savais que y avait rien de pire que les soirées où on n'est pas invité. J'enlevais ma veste et je la jetais à moitié pliée sur le dossier d'une chaise. Lourd, je me dirigeais vers le canapé où je m'installais en te demandant de te pousser avant de me laisser tomber :

— Bouge ton cul...

L'éclairage tamisé faisait de ton visage une palette de creux et d'ombres.

— Alors ?

T'ouvrais tes yeux, des yeux comme des puits prêts à être remplis d'images.

— Je me suis fait chier...

— T'as pas pécho ?

Tes petites provocations pour donner un peu d'altitude à tes inquiétudes.

— Nan.

— C'est con, ça. Je pense que c'est la coupe qui est pas passée… T'aurais dû m'écouter.

Tu me vannais sur ma nouvelle taille de cheveux, trop courte à ton goût, mais qui me donnait l'air d'une racaille et qui te mettait le feu plus que d'habitude. Tu m'avais demandé d'enfiler mon survêt de la veille et de te la jouer vénère, un peu plus tôt dans la journée.

-- Ta gueule…

-- T'as mangé ?

-- Tu parles. J'ai bu un peu. Ce qu'il y avait là-bas m'avait l'air suspect. J'aime pas les buffets. Tout le monde postillonne, tripote les amuse-gueules et les repose sur les plateaux. C'est dégueulasse.

Tu passais derrière moi et tu posais tes mains sur mes épaules pour les masser.

-- Tu prends trop tes aises, toi… Je suis parti trois heures seulement. Je t'ai manqué à ce point ?

Je kiffais jouer la comédie du rejet. C'était juste une façon de pas assumer les élans de tendresse que je retenais.

-- Laisse-toi faire… Alors, y avait des beaux mecs, des belles filles ? Raconte-moi toute la soirée...

-- Parle moins et masse plus.

Tu déposais un baiser sur ma joue.

-- Mon Géant d'amour… T'es mon Fléau…

Tes mains me parcouraient de partout pendant que tu poétisais.

Fallait toujours que tu fasses ton intéressant, que tu verses dans l'original. Tu t'évertuais à toujours renouveler l'éventail des surnoms dont tu m'affublais. Avant, je faisais pas attention. Aujourd'hui, j'apprécie cet effort que tu faisais.

T'avais une tristesse sourde tatouée dans le regard. Tes yeux étaient comme des pétards mouillés. Je me serais foutu des coups de pas t'avoir emmené ce soir-là. J'arrivais pas. Mais je laissais rien paraître. J'ai toujours été plutôt doué pour offrir au monde une face de parpaing. C'est pas tellement que je t'assumais pas, mais que je m'assumais pas moi. Ce *nous* qu'on formait qui serait sujet à étonnement. Je t'avais imaginé toute la soirée à mes côtés, leurs sales regards, les trucs qu'ils auraient pu se figurer si je t'avais présenté comme ce que tu voulais et ce que t'étais, les jugements à couvert ou même ouverts, les pupilles qui fument, les pensées qui fusent, les sourires de serpent, le bruit des chuchotements.

J'étais pas prêt à ça.

T'étais ma petite chose, mon arbrisseau, tout frêle, l'oiseau tombé du nid avec sa face étalée sur le bitume. Je voulais pas qu'ils te salissent avec leurs yeux. Que ça jette une lumière crue et dégueulasse sur ce qu'on avait.

J'en reviens pas que toutes ces mignonneries que je te disais jamais, je me retrouve à les écrire. Ces trucs que je me maudissais parfois de penser, que je contenais, je te les crache sans réfléchir.

Je me posais près de toi, sur le lit, et je commençais à te caresser le dos. L'effet s'était pas fait attendre longtemps : aussitôt, tu t'étais mis à ronronner. Ton corps frais, ma grosse paluche chaude qui parcourait, soupesait, coulant de tes épaules jusqu'à ton petit cul soyeux doux comme une plume.

Je savais que tu avais envie d'exister aux yeux des autres. T'avais la décence de pas me prendre la tête ouvertement avec ça. Tu sentais que je coinçais. T'en avais pris ton parti. Ce soir-là, à la fin, j'avais fini par te vendre du rêve :

— Je te présenterai Samira.

Je l'ai jamais fait. Par manque de temps. Par manque de *cojones*.

— C'est cool. J'ai hâte.

En disant ça, je sentais que tu me croyais pas. Même moi, j'y croyais pas. Je sentais que je puais. Je le voyais dans ton regard de gamin vacciné aux fausses promesses. Et tu me montrais que tu m'a… assez pour pas me piquer sur le sujet. En m'épargnant. En ne me mettant pas ma mauvaise foi à la gueule, quitte à serrer les dents. J'ai appris à voir tout ça. Les petits sacrifices qui se font dans le silence.

Je t'ai déjà parlé de cette honte de nous.

Aujourd'hui, je me sens mal d'avoir pu penser ça, maintenant que je voudrais juste qu'on soit un couple normal, sans se poser de questions, sans cette honte de merde qui bouffe tout, sans ce truc qui voudrait dire qu'on valide le fait de valoir moins ou d'avoir à se cacher. Je veux plus m'excuser d'être ce que je suis, de kiffer qui je kiffe…

Je crois que c'était juste une question de perspective.

De maturation.

D'accident.

Plus rien sera pareil.

L'a…, celui sur lequel je crachais, il a réalisé sa putain de métamorphose. Il a fait son nid en moi. J'ai suivi ma propre révolution pendant que tu dormais. T'as fait de moi un terreau sans que je m'en rende compte. Ses fleurs ont juste poussé pendant que tu dormais. Il te reste plus qu'à tendre la main pour tout récolter.

Tiens-toi prêt.

Bientôt, je t'emmène dans la lumière.

*
*　　*

Y a des visions criantes comme des éclats d'argent. Des trucs qui cherchent à me faire péter le cœur.

Ou comme quand la lumière se réverbère d'un coup sur une surface battante et t'éblouit, comme un flash..

Je me souviens, quand tu étais empalé sur moi, le mouvement de balancier de ton corps, la vision de ta chaîne en argent avec son petit pendentif à l'effigie de la Vierge Marie, un truc que ta mère t'avait donné et qui tapait sans bruit sur ton torse tout plat. Ça dansait au rythme de mes coups de boutoir dans ton cul. Je m'amusais à essayer de l'attraper entre mes lèvres. T'avais jamais été croyant, tu la gardais juste par pure sentimentalité. Ce symbole de la Vierge, c'était « ta mère la putain », comme dit Maurice, qui te l'avait offert. Ironique, non ? Ou pas. Souvent, les putains ont des désirs de sainteté plus forts que les autres. On crève de ce dont on manque le plus, après tout. Est-ce qu'elle était comme toi, à marcher entre les charbons ardents, à sans cesse danser entre deux lignes de conduite, l'idée d'un a… pur et l'a… de la queue, la folie des corps multipliés comme des petits pains, des corps qui s'encastrent façon voitures accidentées ?

J'ai fini par étouffer ma jouissance dans ta bouche.

C'est là que je finissais toujours par mourir.

Je voyais pas ce que je vois aujourd'hui : je maculais ta face, et ça voulait pas dire le truc dégueulasse, le passage obligé, la vision cinégénique, le mimétisme pornographique…

Je te laissais boire ma vie, ça voulait dire le monde, le monde que je recommençais en toi.

Ton petit cul comme une île chaude dansait au-dessus de ma tête…

Y a des visions crues, un peu connes, qu'on n'oublie jamais vraiment.

Si j'avais honte du duo qu'on aurait pu représenter aux yeux des autres, j'aimais cette entité qu'on formait dans l'espace sale et sacré du pieu. Le sale qui devient bon. Le sexe qui te fait accéder à un autre plan quand ce que tu fais, tu le fais avec tes tripes, ton âme, ton cœur. La vérité, c'est que j'avais plus cette sensation de crasse quand le plaisir retombait comme une pluie de cendres sur mon esprit. Je flottais dans une sorte de contentement.

Je me sentais comme arrivé au bout d'une forme d'accomplissement.

C'était nous deux encore un, collés l'un contre l'autre, comme deux cellules enveloppées dans la même membrane.

C'était pas dégueulasse.

Encore un flash.

Tes boucles qui jouaient avec la fumée. La chaleur de tout ton corps minuscule irradiant contre le mien, et ces senteurs toutes vanillées… Gamin… je te disais souvent. C'est ce que tu avais de féminin : toutes ces odeurs sucrées. Cette façon de glisser sur moi, comme un félin de rien du tout, une panthère inoffensive qui se serait fait enlever les griffes et rogner les crocs.

Je détestais ta façon de minauder. Ces tentatives toutes pétées de m'attendrir qui finissaient quand même par avoir l'effet recherché. Tu te donnais du mal. Je les détestais pas pour ce qu'elles étaient, mais pour ce qu'elles produisaient chez moi. La façon que j'avais de toujours finir par te céder me clouait.

J'aurais tout fait pour ta petite gueule.

Et je continue.

Je me rappelle…

Tu t'amusais à gratter le papier peint dans le coin du lit.

Je te disais : « Arrête, tu vas niquer le mur ! » En scred, tu continuais en croyant que j'entendais pas les bruits de papier dans le noir. Dès qu'il y avait une faille, tu ne pouvais pas faire autrement que de chercher à l'agrandir. Comme ces gosses qui sont incapables de résister à la tentation d'aller au bout du processus malgré l'interdit. Avec le temps et tes manies de rongeur, la déchirure s'est agrandie.

Si t'avais encore été là, est-ce qu'il serait resté encore du papier sur le mur ?

Connerie de plus : pendant que t'étais loin, je chérissais cette brèche. Les soirs de flou, je la considérais comme une des preuves que t'avais existé un jour. Je la regardais souvent le soir. Je me disais qu'on se ressemblait, elle et moi : moi aussi j'étais ouvert vers le dedans avec plus rien d'autre qu'un vide, une blancheur passée, un plâtre compact où plus rien pénétrait, un écran qui avait plus d'histoires à raconter.

*
*   *

Ta blondeur comme un soleil irradiait tout autour de toi.

Tes cheveux en buisson ardent. Tu brûlais. T'as toujours brûlé.

C'était l'or de ton âme qui coulait jusqu'au dedans de moi. Un échange standard et sublime.

L'auréole de stupre dans tes manières, tes allures de saint en génuflexion devant leurs totems. Tout le sale, tu le transformais en beau. T'étais une sorte d'alchimiste.

Et là, même si je fais qu'écrire, je te fais l'A…, je te le fais plus que jamais ; je me vide en toi comme dans un long poème, une rivière qui te laisse filer toutes les pierres de ma forteresse au fur et à mesure... Y a comme une perte. Y a pas à chier : tu m'as filé la poésie en héritage pendant cette attente. Je me sentais minable, tout nu. Je voulais pouvoir te retenir, te capter dans les mots, mais je sens bien que même si je l'avais fait pendant que tu dormais, même quand je le fais maintenant, plus j'aligne les mots, plus tu t'enfuis, plus tout ça s'enfuit.

Je dois me rendre à cette évidence qu'écrire tout l'A… que j'ai pour toi, c'est beau, mais j'oublie pas non plus que tout ça va crever un jour.

Pour autant, je ne peux pas m'empêcher de continuer, car malgré ça, ta présence n'en est que plus saillante, et ce qu'on a fait ensemble aussi. C'est la seule preuve que ça a jamais existé. Ces souvenirs que je traduis en mots.

Mais je sais que viendra le moment où, un jour, toi et moi, on sera tout seuls face à cette enfilade de mots qui voudront plus rien dire, qu'on pourra même plus appréhender, car on oubliera, quelle que soit l'échéance : qu'on se sépare éventuellement ou qu'on meure.

C'est jamais qu'une histoire de sursis.

Ouais, c'est pour ça que je voulais pas écrire quand tu te prélassais dans tes limbes. Car si ça avait duré, il serait venu le moment où j'aurais atteint la fin du carnet. Une fois que j'aurais fait gicler tous les mots de moi comme une putain de saignée, douloureuse et salutaire, j'aurais commencé à me croire permis d'oublier, puisque tout était là, à portée de main, entre les pages.

J'aurais comme externalisé tout de nous.

À force de mots, je t'aurais extirpé de moi.

Un jour, j'aurais peut-être même oublié ton visage et ta voix.

J'en crevais d'avance.

Alors que maintenant, je peux te dire toute la détresse qui a été la mienne avec sérénité. À froid. Dans le calme de notre appartement, en sachant que tu rentres bientôt, que la place vide dans le lit juste derrière moi accueillera ton corps et tes mots.

Je peux te dire plein de trucs.

Par exemple : pendant un moment, il m'était impossible de me pogner en pensant à quelqu'un d'autre ; j'aurais eu l'impression de t'insulter. De t'effacer. Je peux te dire que je pensais aussi souvent à ce truc que j'avais entendu et retenu, sur le fait que le corps se renouvelle en totalité tous les sept ans. Ça me rassurait, ça apportait un peu de chaleur à mes nuits : même si tu mourais, je te porterais encore un peu en moi. Ta salive, ton mucus, tes larmes imbiberaient encore mes cellules.

Pendant sept ans, j'aurais ce statut de buvard. C'est dingue à quoi on se raccroche.

J'avais le goût de ta langue dans ma bouche.

Entre nous, ça avait toujours été la faim du corps d'abord, puis ce lien inattendu ; je crois qu'on s'est baisés si fort, si fréquemment, si frénétiquement, qu'on a fini par fusionner. La ligature à l'usure.

C'est con parfois, de quoi ça naît, l'a...

*

*   *

Le soir, je finissais souvent sur les vidéos de toi en train de te faire tamponner par d'autres que moi. Dans tes œuvres, pour ainsi dire. À l'endroit où tu te sentais le plus exister au monde.

C'était une sorte d'hommage, de prière dans le noir.

Je larguais mon jus comme une offrande, même si t'étais plus là pour le recevoir. Je me crachais dessus et l'amertume me contaminait. Ça me consolait quand même de me dire qu'il y avait un endroit dans ce monde où tu continuais de souffler, transpirer, bouger, crier, exulter.

Tous ces mecs qui crachaient et cracheraient en te matant, ils sauront jamais qui t'es. Parce que pour eux, t'es qu'un bout de viande bien dessiné. Un autre minet de plus à se faire tringler aux yeux de tous. Un cul offert, comme un boulevard.

Je te ressuscitais tous les soirs, à la force de mon poignet.

Je me transformais en éruptions, je jetais des fils tendus vers toi, mais t'étais si vaporeux, si inatteignable dans ton sommeil de fumée que tu les attrapais pas.

Je vais te dire, j'ai jamais autant appris sur toi, sur nous, que quand t'étais *out*.

La révélation, elle m'était réellement tombée dessus comme la main de feu mon daron sur ma gueule. Tout le poids du monde dedans. La vitesse d'un parpaing lancé depuis une tour de quarante étages. Avec pas d'autre choix que de l'accepter. Une bonne claque de réalité. Le retour du concret.

Moi aussi, je pensais que c'était qu'une phase, une passade, un truc qui s'inscrirait pas dans le temps, qui laisserait aucune marque. Une sorte d'illusion qui se dissiperait au moindre coup de vent, au moindre mouvement d'humeur, au coup de bite de trop. Mais ça durait.

Et j'en avais tous les symptômes, quoi que j'en pense.

C'était sur le *I'm Not In Love* de 10cc. La nuit avait filé avec elle, ce soir-là. J'étais incapable de lancer autre chose et de sortir de cette boucle apaisante, trop content d'être couvert par cette mélodie et ces mots, par ce vernis bien lisse qu'elle apposait sur mon esprit et qui rendait les aspérités moins visibles, moins rugueuses. À travers cette chanson, mon âme, ce truc éphémère et pompeux, se parlait à elle-même. J'ai beau nier l'évidence, vouloir renier les attaches qui me ceinturaient le cœur, ce qui me comprimait le corps, le mettait en tension, en dépression, ce qui cloisonnait mon cerveau…

Je te kiffais à un stade plus avancé que je voulais le dire…

Quoi que ça veuille dire. Quoi que ça vaille.

J'ai tout fait pour l'éviter, pour retarder l'échéance.

Maintenant, je suis baisé.

Le verdict est tombé. Formel. Pendant ton absence. La vérité apparaît toujours après coup. Trop tard. T'expulser de ma vie, ça me semblait et me semble infaisable. Te chasser du saint des saints, de ce périmètre bien gardé où je m'étais juré de laisser personne entrer à part ma mère, c'est déjà exclu. T'as établi ton campement. T'as fait ta *djihad*[5] silencieuse, appliqué tes techniques de Sioux. Maintenant, te chasser, ce serait perdre un morceau de moi au passage, un peu comme quand on enlève une tumeur en lésant par la même occasion du tissu sain.

Y avait ces putains de chœurs qui répétaient *big boys don't cry, big boys don't cry*[6], comme pour me narguer, comme si mon père me parlait depuis l'au-delà qu'existe pas et imprimait ses mots dans ceux du chanteur.

Les larmes que j'ai versées pour toi, personne les as vues.

Y a pas de témoins. Pas de preuves.

Pas même ces enfoirés qui se pelotaient dans le train.

Il faut que je te raconte.

*

*   *

---

[5] Guerre sainte menée pour propager ou défendre l'islam.

[6] Les grands garçons ne pleurent pas.

Je redescendais sur Arles, ce jour-là.

J'étais dans le train retour quand ce couple s'est installé sur les sièges en face du mien, entrant à je sais plus quelle gare.

Je hais les carrés SNCF. Ce traquenard où t'es obligé de te regarder. Les données mobiles de mon téléphone m'avaient lâché salement. J'avais aucune échappatoire. Encapsulé pendant deux heures trente. En tête-à-tête avec les poulpes en pleine séance de ventousage.

À peine les portes refermées et le départ annoncé, ils ont commencé à se câliner, à faire des bruits de bouche à vous faire dégueuler. Ils s'en foutaient bien que je sois là à mater malgré moi. Peut-être même que ça les excitait. Bien assis dans mon fauteuil d'orchestre, je tentais de faire traîner mon regard ailleurs, mais je me retrouvais inévitablement attiré vers eux, ces putains d'exhibs sans pudeur qui semblaient essayer de retrouver l'unité, en mode nostalgiques de la fusion. Leurs bras s'enroulaient autour de leurs corps façon pieuvre, sans souci des autres, sans les faire exister une seule seconde.

Le genre de trucs dont t'aurais été capable.

Parce que ouais, depuis que t'étais dans ta ouate, y avait pas un truc qui m'arrivait où je faisais pas le lien avec toi. Ton coma t'avait fait devenir encore plus présent.

À la différence des vivants, les fantômes peuvent être partout. Tu te projetais où que je regarde, en filigrane dans le décor. Même si t'étais pas encore pleinement mort.

T'étais mon petit mort-vivant, mon indécis au royaume des draps blancs.

Et eux, ils étaient là à se noyer dans le coulis de leurs manières sans jamais frôler l'étouffement. C'était tellement dégueulasse. Les mains avides qui passaient partout, sans oublier un recoin, un repli, tâtaient, retâtaient la chair par-dessus les vêtements en mode pâte à pain, comme en manque alors même que l'objet de leur désir se trouvait entre leurs mains.

Mais non, c'était pas assez. Il fallait creuser, aller en

dessous, entrer dedans. Je me suis demandé s'ils allaient pas baiser devant ma gueule, sur les tablettes pliantes. Ils se sont dévorés tout le trajet. En fait, leurs galocheries effrénées me faisaient penser à toi.

Toi aussi, t'étais de ce genre-là, insatiable, a… transi sur la durée, quitte à forcer le trait, à vouloir faire durer la phase lune de miel le plus loin possible, à t'effrayer dès le moindre signe imaginé de désintérêt, à mettre en scène ta peur d'être abandonné sous le couvert de plusieurs masques. À te donner sans compter pour me retenir dès que tu avais peur que je parte sous prétexte que le charme s'affadissait.

Avant, je voyais pas ça, je voyais pas l'insécurité, la brèche sous tes excès de cul. C'était juste la demande irrationnelle et éperdue d'a…, ce rêve auquel tu t'étais toujours accroché en croyant que ça t'emplirait pour de bon.

Mais ce que t'as jamais vu, c'est que tu t'étais construit en creux de lui.

Et moi j'étais là, face à ton cratère, au bord de ta béance, toujours avec la peur, ouais, la peur que tu te tires pour de bon comme ta mère, ou de manière plus définitive, parce que quoi que j'en dise, t'avais réussi à m'attacher.

Je l'avais pourtant vu venir.

Je m'étais toujours soigneusement protégé. Mais toi et tes manières doucereuses, vous avez su vous faufiler là où j'avais jamais laissé personne entrer.

À un moment, les deux limaces se sont mises à rire, à se parler dans cette espèce de langue à la fois secrète et universelle qui les excluait du monde, mais les rendait aussi semblables à n'importe quel autre couple d'a...

Ouais, je crois que j'en crevais de savoir que je pouvais pas faire pareil, même si j'avais pas envie, même si m'afficher était la dernière chose que je voulais. Je savais que ça m'était impossible. Que si je pouvais te prendre dans mes bras, j'aurais rien qu'un corps inerte, un poids mort, un pantin sans ficelles avec aucune volonté autre que la mienne. J'ai regardé une photo de toi sur mon téléphone, une où t'étais les yeux ouverts. Tes yeux ronds et clairs aimantant la lumière, semant des petits éclairs.

Finalement, j'ai changé de place et j'ai laissé l'espace libre à leur copulation pour aller dans l'espace entre les wagons, dans ce couloir chenille en perpétuelle torsion, un endroit où personne verrait couler mes regrets, avec la pudeur, comme un nœud de pendu autour de ma gorge.

Je pensais aux poulpes, à leur bonheur, à l'injustice, ou plutôt, à la justice que, sur le moment, je pensais divine, celle qui t'avait puni pour toutes tes sorties du droit chemin, ta vie de putain assumée ; celle qui m'avait aussi puni d'avoir rien fait pour t'empêcher de ta vautrer dedans.

Ma démission ce soir-là, je l'ai payée cher, crois-moi.

Je l'ai bouffée chaque jour où t'étais pas.

*
* *

C'était la deuxième fois où je sentais qu'avec toi, j'avais salement merdé.

La première, celle que j'avais seulement commencé à me pardonner, c'était de t'avoir laissé monter sur le toit de l'immeuble, ce fameux matin.

Ta gueule défoncée. Ce truc que j'oublierai jamais.

C'est là que j'ai su que je t'a...

Au plus fort de ta détresse. Au plus près du ciel. J'ai reçu l'a... et avec lui, l'envie viscérale de te protéger, d'être un écrin pour toi, ton gardien contre les autres, contre toi-même aussi, ton écorce contre ce monde trop dur pavé de bitume et de bâtards. C'était sans doute ça, qu'on se rejouait sans cesse à baiser sans discontinuer : je cherchais à recouvrir ta peau avec ma peau pour que t'aies plus jamais mal. On cherchait une forme de suture.

D'enveloppement.

Y a rien au monde qui m'arrachera cette image de toi à terre et saignant. J'y repense toujours avec cette lourdeur dans le fond de la gorge, mais y a aussi le bonheur de savoir que je t'ai sauvé, que ça a été le début de notre vie, même si y a eu des creux, des absences, des faux départs, des petites agonies.

*
* *

C'est à partir de là que j'ai commencé à vouloir réaliser des rêves qui étaient même pas à moi. Pourquoi il faut toujours, quand on se lie à quelqu'un, qu'on se mette à porter des trucs qui nous appartiennent pas, qu'on devienne la monture de l'autre ?

Malgré moi, j'étais devenu le terreau de ton rêve de jardin.

C'était une lubie, pour pas dire une obsession. Aussi loin que tu regardais en toi, ça devait être le rêve récurrent, le seul truc un peu pur que tu désirais sans qu'il soit question de pines. Enfin, ça, c'est ce que je croyais avant que tu me racontes cette fameuse anecdote… J'aurais même dû pressentir que sous cette image apparemment vierge se cachait encore un truc bien sale. C'était toujours malgré toi, et toujours ta signature, de faire s'allier l'innocence pure à la souillure.

J'en reviens à ce fameux jardin que tu rêvais d'avoir, ou plutôt, de retrouver, mais j'y viendrai après.

Tu te perdais en paroles en imaginant de quoi il aurait l'air, notre jardin, ce qu'on pourrait y planter, la façon dont on pourrait l'aménager, avec une terrasse en teck, table et transats, des fauteuils bien conforts, protégés de la pluie et du soleil, avec une petite piscine, lumineuse, bien sûr, et un jacuzzi, *what else* ? Ah, oui, des guirlandes, des guirlandes solaires un peu partout qui s'allumeraient à la nuit tombée, des coussins à motifs exotiques genre palmiers et flamants roses, et un potager pas loin. Ta vie dans un catalogue de chez

Gifi, tes petits rêves cheap qui finissaient par confiner au mignon tant ils semblaient petits, accessibles.

Je te chambrais.

— Je crois que t'as oublié ta licorne gonflable, dans l'histoire...

— Fous-toi de ma gueule... On pourrait fumer allongés sur nos coussins... On pourra même s'acheter une chicha.

Je voulais te l'offrir, ton jardin. Tout te donner. D'ailleurs, à ce moment-là, le projet était dans les tubes. Déjà, on parlait d'emménager, mais cette fois sur Paname, en banlieue, pas la banlieue poubelle de laquelle on était sortis, mais celle des quartiers tranquilles, résidentiels, pavillonnaires, là où crèchent les petites familles sans histoires et où on pourrait presque passer crème, sous les radars. C'est surtout cette idée qui me plaisait. Toi, je savais que ce qui te plaisait là-dedans, c'était surtout l'idée qu'on puisse faire cellule, être une famille, une famille réduite au strict minimum, au noyau fondamental, mais une famille quand même.

Ça courait dans ton regard sans que t'aies besoin d'ouvrir la bouche. Je te connaissais par cœur.

Je m'étais senti prêt à lâcher Arles, tout recommencer ailleurs. C'est ce que j'avais fini par faire. Revenir sur Paname, lâcher mon taf pour mieux me réinventer avec l'envie de faire tout autre chose que la banque, bosser dans une salle de sport, larguer le costard, même si c'était pas bien le moment, vu que je venais de transférer ma dette sur une autre baraque. Une baraque à nous dont tu as pas pu profiter longtemps.

Je pourrais bien être heureux le reste de mes jours.

Je me souviens que c'était ça qui devait passer dans ta bobine quand j'avais vu ta trogne, une fois entrés pour la première fois seuls dans cette maison, sans l'agent immobilier. Je m'étais dit : je suis sûr qu'il est en train de se dire ça, dans sa caboche qui tourne toujours à vingt mille tours minute, avec son air de chien battu, d'ange qu'aurait tout juste découvert le bon qu'on peut se faire à soi-même dans le mal.

Peut-être que c'était ce que je m'étais dit aussi, une demi-seconde, comme ça, dans l'éblouissement du truc, un saut de conscience, un moment d'égarement subit, face à la grandeur du truc, au pas énorme que ça représentait pour moi. Faut dire, c'était beau, tout cet espace qui nous attendait. Je pouvais voir l'avenir qui se déroulait comme un ruban dans toutes ces pièces encore vides de nous. Bientôt, elles seraient habitées de bordel, mais notre bordel à nous. On mutualiserait nos chaos. Y aurait aussi tous les mots dont on les remplirait. Toutes les engueulades qu'on aurait très certainement. L'a... sous toutes ses formes qu'on y ferait. Le nid de nos délires.

Deux mois après qu'on s'y soit posés, t'étais *out*. Comme si ton rêve t'avait pas suffi et que sitôt que t'avais eu ce que tu voulais, il fallait que tu te foutes à courir après un autre rêve.

Parce que y aurait jamais que la mort qui t'arrêterait de tout vouloir tout le temps, tout en même temps.

Tu continuais de parler, ce soir-là, alors qu'on en était encore à se projeter :

— Dans le 91, y a des petites villes pas mal... On serait pas loin de Paris. Ah ouais… Un beau jardin, sans vis-à-vis, où on pourrait se promener et chiller tranquille.

— Avec ou sans jardin, je m'en tape. Du moment qu'on a une bonne surface.

— Ah non, arrête… C'est super important d'avoir un morceau de terre.

— Tu veux te la jouer Desperate Housewives avec ton petit sécateur coordonné à tes gants de jardinage ?

— Non. Je veux juste un endroit de liberté.

— La vie entière, c'est ton endroit de liberté, à toi. Qu'est-ce que tu veux de plus ?

T'avais souri, tu savais que j'avais raison.

— Je t'ai jamais raconté ma toute première histoire avec un garçon…

— Le fils du pote de ton père, là ?

— Non. Encore plus tôt que ça. Avant même d'avoir six ans. Avant même que je sache si j'étais garçon, fille ou plante verte…

— Tu tâtais des zobs avant six ans ? C'est plus précoce, là, c'est hors concours.

— Arrête tes conneries. Je te raconte… parce que tout a commencé avec un morceau de terre de rien du tout…

Je sentais que tu commençais déjà à installer ton ambiance aux mots que tu utilisais, au ton sur lequel tu les dispersais.

Et là, t'as commencé à me raconter tes tout premiers émois de garçon. Ta première histoire avec un jardin, en fouillant dans les bobines de ta mythologie personnelle. Des trucs qui dataient, à l'ancienne, et qui semblaient t'avoir fondé. Je me souviens comme t'avais l'air absorbé en toi-même alors que tu racontais. Évidemment, ça avait un rapport avec le cul.

— Le premier goût que j'ai eu du sexe, ce devait être celui de Marin.

— Marin… Pur prénom de petit céfran. Plus, on peut pas.

— Ouais…

Je me rappelle comme tu aimais débiter des histoires, vraies ou fausses, le talent que t'avais à conter justement, à jouer, à ressentir chaque mot, chaque phrase, pour mieux ressusciter le souvenir ou mieux susciter l'adhésion.

— Mon père avait l'habitude de m'emmener à la campagne. On y allait sans ma mère, souvent. Ça nous faisait un truc à partager. J'étais vraiment petit, mais je m'en souviens très nettement. Je savais pas où c'était, mais je savais que c'était loin. Deux heures de bagnole ou plus. Ça suffisait à ce que je trouve ça dépaysant. Je montais dans la caisse et je voyageais dans l'espace, dans le temps, pour atterrir dans un endroit complètement différent. Là-bas, on se plantait dans une maison avec un pote à mon père et son fils, Marin. Rien que d'avoir une maison, je trouvais ça inouï. J'étais tellement habitué à vivre en appartement que ça me semblait le luxe, le but ultime. La finalité.

— Ouais, et ?

— Et… Marin et moi, on était des graines de garçons, des petits démons. Dans le jardin d'Éden de cette ville dans le trou du cul du monde, dans la France profonde, on gambadait nus, nos sexes vermisseaux au vent. On exhibait nos blondeurs au soleil.

— T'as raison : se promener la piche à l'air, y a que ça de vrai.

— On était les enfants du paradis le jour, des démons curieux le soir venu... Un train volait au-dessus des arbres du jardin et je trouvais ça classe. Magique…

— Abrège…

— O.K., je m'échine à planter le décor et le cadre, et tu ruines tout. Pas grave. J'en viens à l'action… Dans une des chambres de l'étage, Marin et moi on avait l'habitude de se foutre au pieu, comme ça, pour jouer, se tenir chaud.

— Se tenir chaud, ouais… Dis surtout que t'étais chaud dès le berceau !

— Y a de ça, ouais… Je me souviens de ce goût âcre d'urine… Le jeu, c'était de s'embrasser sur la queue, un petit bisou sur le zizi, enfin, sur ce moignon bizarre. Un ver de terre étrange, comme un bigorneau sans coquille rattaché à nos corps, mais qui semblait avoir une volonté propre. Ça m'excitait pas plus que ça, ça nous faisait rire plus qu'autre chose. Mais, par la suite, on a vu l'effet que ça avait sur nous. J'aimais les étincelles qui me couraient dans le corps, partant de cet appendice sujet à toutes les curiosités et se propageant sous ma peau... D'aussi loin que je me souvienne, j'aimais retrouver ce nouveau monde bien loin de mes habitudes avec sa nouvelle géographie. Marin était un petit blond frisé aux yeux verts, des petits yeux au regard perçant. J'avais à lui opposer une douceur vague et bleutée. Je ne sais si je devais à son existence provinciale l'avance qu'il avait sur moi en matière de sexualité, mais c'était toujours lui à m'en apprendre de ce côté-là. Il venait aussi parfois « à la ville », comme disait son père. Dès que Marin dormait à la maison, on s'embrassait sous la couette. J'ai encore, inscrit dans ma mémoire corporelle, le toucher de ses lèvres sur les miennes. À l'âge de l'innocence, j'étais déjà tombé et je flirtais avec le péché sans même savoir ce que c'était. C'est souvent comme ça qu'on tombe dedans, faut dire. Rouge, mon père nous attrapait de ses grosses mains, arrachant la bouche de Marin à la mienne, le condamnant à me regarder depuis le couloir tandis que je restais posé sur les draps, les joues rougies et les étincelles dans le slip. Marin ou la Bronchodermine…

— La quoi ?

— J'associe pour toujours cette odeur à Marin. À celle-ci s'additionnent les relents de Vicks Vaporub qui brûlaient la peau, les visions d'inhalateurs mentholés sur la table basse, le souvenir de ce tube bien phallique qu'il se mettait dans les trous toutes les deux minutes, l'ouïe de sa toux grasse et de ses rires encombrés de glaires. Ce que j'aimais aussi, c'était poser ma tête contre la chaleur de son corps et le sentir tout empli de ces mystérieuses mucosités. Marin résonnait comme jamais et était dans un état de fébrilité constante.

Tu me racontais cet amour de gamin et ses gestes trop précoces, tranquille, avec un petit sourire aux lèvres, comme si t'y étais encore, comme si toutes les sensations te revenaient, ou qu'elles t'avaient jamais quitté. Comme si ce moment-là, ça avait signé quelque chose en toi, que tout découlait de là.

— Dès qu'il nous surprenait, mon père nous séparait. Il supportait pas qu'on puisse être en train de se tripoter. De s'embrasser. Comme je t'ai dit, un jour, il a mis mon copain dans le couloir, dans l'encadrement de la porte. S'il avait pu le frapper, il l'aurait fait, mais c'était pas sa chair. Il avait aucun droit dessus. Ça aussi, ça le rendait ouf. Les yeux verts de Marin me quittaient pas, et je pouvais lire en eux qu'il continuait à m'embrasser, à me toucher, rien qu'avec son regard. Ses yeux faisaient ce que son corps était encore incapable de faire : ils me pénétraient…

— Ils te pénétraient ?

— Ouais, ils me pénétraient… Je pouvais pas le formuler ni même le conscientiser, mais je le ressentais. Mon père aussi l'a vu. Il a gueulé : « Arrête de le regarder comme ça ! Baisse les yeux ! » Il l'a pas fait tout de suite. Y avait un aplomb dans son désir, plus que dans le mien, plus larvé. Marin, il avait pas peur. Il gardait ce petit sourire, comme s'il volait au-dessus de tout ça, de l'autorité paternelle, de l'interdit dont on avait pas encore bien conscience et que la voix de mon père essayait de graver en nous. Moi, je restais allongé dans le lit. Je m'inquiétais pas. Je savais qu'on recommencerait. Qu'il y aurait toujours une occasion, une faille pour s'aimer. Dans ses yeux, y avait la promesse qu'un jour, on pourrait le faire. Son regard voyait loin, plus loin que nous-mêmes. Quand je me concentre assez, je peux encore sentir sa bouche sur la mienne, ce contact bizarre, inédit, qui ni me dégoûtait ni me plaisait, mais qui avait juste le mérite de s'inscrire dans la nouveauté. Tout ce que je captais, au fond, c'était que c'était un double de moi que je retrouvais à intervalles réguliers, sans jamais savoir dater ou anticiper quand on se verrait. C'est ce qui en faisait le charme. À cet âge-là, la notion du temps est bien floue… Mais j'en garde un bon souvenir. Bref… Voilà, maintenant, tu connais l'histoire un peu salée de mon tout premier jardin…

Ton jardin intime : cet endroit où le dedans de toi se réfléchissait à l'extérieur et rayonnait.

Je te provoquai :

— C'est normal que ton pote ait eu l'idée que vous vous embrassiez la pine à cet âge-là ?

Là, t'as plus rien dit. Fin de la séance nostalgie. T'as eu l'air fermé, un peu sombre, dans le vague, tout d'un coup. Puis, l'instant d'après, tu semblais être remonté de tes profondeurs, je sais pas grâce à quel secours, à quelle bouée intérieure. T'as retrouvé ton petit sourire serein qui cherchait sans cesse à se donner l'air de rien.

Finalement, t'as continué :

— Je me souviens que le plus grave, du moins ce que j'en ai compris sur le moment, c'était pas qu'on soit tous les deux des garçons, mais qu'on soit trop jeunes. Il arrêtait pas de hurler ça, mon père : « C'est pas de ton âge ! » C'est là que je l'ai appris. Que j'ai capté ce que ça voulait dire, le sexe, que ça signait la fin de l'enfance que j'aurais jamais voulu quitter, mais l'envie de savoir et de connaître, ça me poussait à m'échapper de ce lieu rassurant... Et quelque part, indirectement, inconsciemment, mon père m'a validé…

— Quoi, il t'a validé ?

— Oui. Aimer un garçon, c'était pas le délit que j'avais commis. C'était autorisé, puisque c'était pas ça, le problème. Le problème, c'était mon âge. Et je crois que j'ai fait que suivre la pente depuis… Ça voulait aussi dire qu'un jour, ça serait légal, autorisé. Que je pourrais, une fois grand.

— S'il avait su ce que t'avais compris sur le moment… Ah, les gamins… En même temps, je le comprends, ton daron. T'avais déjà des histoires de cul dès gamin. Tu lui as laissé aucun répit. Tu l'as poussé à bout. Moi je peux te dire que si j'avais fait ça…

— Puis… il a dû sentir le danger, en nous voyant grandir l'un l'autre. Il se doutait sûrement de ce qui arriverait s'il mettait pas des bâtons dans nos roues toutes voilées. Les visites de Marin et nos propres venues à la campagne se sont juste arrêtées net. Je me souviens que ma mère a demandé à mon père, un jour, pourquoi il s'était embrouillé avec son copain pour un motif aussi con – un motif que j'ai jamais réussi à connaître. Mais je savais que mon père était à l'origine de cette brouille, que c'était un prétexte pour couper court à ce qu'il voyait se profiler et qu'il avait peur de pas pouvoir empêcher. Il a dû s'imaginer que nos volontés de s'aimer iraient crescendo, seraient aussi fermes que nos queues.

— Ton daron a bien fait. Il te faut toujours quelqu'un pour te foutre des limites, autrement, tu fais n'importe quoi. T'as jamais fait les choses à moitié, toi.

— On était des enfants… On savait pas. Et on n'a jamais

consommé, non ? Ni avant d'avoir l'âge, ni même jamais.

— Grâce à qui ?

— Merci Papa !

— Tu vois, il a pas été complètement à chier, ton vieux.

— Oui.

— C'est toi qu'es complètement baisé ! Tu l'étais, même à l'état d'usine !

D'un coup, je te voyais regarder dans le vague, et je savais que t'étais encore à courir dans ton jardin, en train de renouer avec cette insouciance, ce temps où les limites existaient entre rien, où le désir s'incarnait pas juste sous la forme de tes totems préférés, mais dans tout. Ce moment où le désir était pas une finalité, tout juste un accident, un accident joyeux qui menait jamais à une véritable réalisation, juste à la connaissance de cette possibilité.

Cette période où tu goûtais jamais qu'à la crête des choses. Rien que pour l'expérience pure.

Peut-être même que c'est là que tu retournerais, en pensée, avant de crever. Sans doute même que dans ton coma, t'avais jamais rien fait d'autre que de gambader, ton petit cul à l'air, sous le soleil, avec une main dans la tienne et du ciel partout où ton regard s'étendait.

Dans ton paradis où un petit démon à deux têtes blondes apprenait le monde et cherchait à le goûter par tous les bouts, sans calcul, sans conscience du bien et du mal.

Libre.

Ouais, je te reconnais bien là.

C'était aussi ce que tu faisais dans cette backroom, ce soir-là, ton cul bien serti dans ton jock, au milieu de tous ces chiens venus là pour te voir te faire souiller. T'étais dans ton jardin, en promenade dans ton verger extraordinaire, tes mains frôlant tous ces champignons exotiques, nouveaux, tentants. Ils pourraient te regarder, te baiser avec les yeux, comme Marin planté dans le couloir, puni par le père Fouettard, mais ça resterait en suspens, rien que des coïts en sursis. T'avais sûrement l'impression d'une forme de pureté, une pureté vrillée, éventée, mais ta pureté à toi.

Passé tes confidences, t'as surpris mon regard sur toi et tu m'as demandé :

— Quoi ? Pourquoi tu me regardes comme ça ?

— Pour rien.

Moi aussi, je voyais plus loin que nous-mêmes.

Je voyais la profondeur de tes forêts intérieures.

Je voyais que t'étais un monde à toi tout seul.

Et ton jardin, tu avais fini par l'avoir. C'était pas la France profonde, mais Saclay, Marin avait grandi et était pas blond aux yeux verts, ton corps s'était étiré et se remplissait comme jamais, mais il était là, ton jardin.

Il nous reste plus qu'à en profiter, maintenant.

*
* *

On jouait à GTA V, quelques mois avant tout ça, quand tu m'en as sorti une belle :

— Souvent, je pense que je me sentirais mieux dans un corps de femme…

Je t'ai regardé, assis sur le sol, adossé à la table basse, en train de tabasser un passant sur Vinewood Hills[7], vivant ta meilleure vie, une vie de *thug*[8], cramponné à la manette.

J'ai attendu un peu avant de te répondre :

— Si tu dis ça uniquement parce que tu crois que j'assumerais mieux si t'étais une meuf, t'es vraiment con.

— Je dis pas ça pour ça. Vraiment pas. Mais je pense que ça correspondrait peut-être plus à ce que je suis et à comment je me sens… Tu m'aimerais encore, si je changeais de sexe ?

— J'sais pas.

T'as mis le jeu en pause, puis tu t'es retourné. T'as eu l'air

---

[7] Vinewood Hills est un quartier de Los Santos dans les jeux vidéo Grand Theft Auto V et Grand Theft Auto Online.

[8] De l'anglais, voyou, gangster.

kéblo.

– Sérieux ?

Je sentais la détresse dans ton regard.

– Si j'aimais mieux les meufs, je serais avec une meuf. Qu'est-ce qui te choque ?

– Ce qui me choque, c'est que maintenant qu'on se connaît, si je changeais juste d'apparence, tu me dis que tu voudrais plus de moi ? Tu m'aimes vraiment ou c'est juste… ?

Tu partais encore à la pêche au *je t'aime*.

Je t'ai coupé l'herbe sous le pied direct :

– Comment tu veux que je sache à l'avance ce que ça me ferait ? Je te kiffe comme t'es, alors me casse pas les couilles ! Toujours à chercher la merde, putain…

C'est ouf, mais l'idée que tu puisses envisager ça juste à cause de moi, juste parce que je t'invisibilisais, ça me faisait me sentir coupable.

– Tu serais prêt à me quitter si je changeais de corps, quoi ! Je trouve ça super violent.

– Ce qui est violent, c'est de vouloir se faire croire qu'on est ce qu'on n'est pas et de vouloir changer un truc qui marche bien.

Encore un truc qui me prouvait que tu cherchais toujours à exploser toutes tes limites.

J'ai ajouté, pour que ça se grave dans ta tête :

– Ça changerait rien. Je te le dis. Au contraire, ça ferait que tout finirait, sans doute...

– Ce que tu me dis, ça change tout, en tout cas…

– Quoi ?

– Ça veut dire que tu m'aimes pour mon corps et pas pour mon âme.

– Ton âme…

J'ai laissé entendre le circonflexe sur le a.

– Même si mon corps était plus le même, je serais encore moi… Non ?

Je décidai de te prendre à ton propre piège :

– Sois un peu honnête… Si moi je changeais de sexe, si

je pouvais plus te tamponner, tu ferais quoi ? Tu resterais bien gentiment ?

Je t'avais mouché. Bien sûr que tu serais jamais resté avec quelqu'un qui pourrait plus jamais te mettre. Ton désir de pénétration était trop fort. Si t'avais pu en mourir, tu l'aurais fait sans hésiter. Juste pour aller au bout de toi-même. Ton côté extrémiste, jusqu'au-boutiste dans le plaisir me faisait flipper.

Je pouvais voir ta déroute annoncée à quinze mille.

Et c'est ce que t'as fini par faire : dérailler.

Il te la fallait, ta *lover dose*, ton bonheur liquide, en shoot, l'injection fatale déposée directement dans ton corps.

D'aussi loin que je me souvienne, j'avais toujours lu que ta faim de vie précipiterait ta fin de vie, signerait la fin de la partie.

J'avais faim de toi aussi, mais ton appétit dépassait le mien et de loin. Tu voulais tutoyer la déchirure. Pourquoi est-ce que frôler les limites de la douleur rendait pour toi les choses plus vivantes ? Plus vibrantes. Plus vitaminées. Tu vivais la baise comme une vivisection. Peut-être parce que t'avais là-dedans la contradiction chère à ton être : la cohabitation de la force de vie du plaisir, pleine, rayonnante, et sa face morbide, sa gueule de monstre, l'ombre qui venait ajouter du sel au plaisir lui-même, en exhausteur, par contraste. Je m'enfonçais en toi, mais c'était jamais assez. J'avoue, moi aussi, j'aurais voulu y rester pour toujours, bien lové dans ton cul.

Ces instants-là, en dépit du plaisir, avaient quelque chose de particulier, de précieux, qui faisait qu'ils se séparaient du cours du temps.

Tu t'accrochais en serrant tes doigts autour de ma taille, priant pour que j'aille un peu plus loin, en essayant d'attraper mon souffle avec ta bouche, alors que j'avais atteint le point maximal d'intromission, que je pouvais pas te mettre plus. Plus, c'aurait été entrer en toi entièrement, me recouvrir de ta peau, devenir un parasite, faire de toi une marionnette, t'enfiler comme un gant, prendre le risque de te déchirer tout entier, alors que tout ce que je voulais, c'était te protéger, être sur cette limite où je te faisais du sale en me connectant à ta pureté.

Même jusqu'à la garde, ça te suffisait pas. Même les queues de foire, les curiosités, les bites monstrueuses suffiraient jamais à te rassasier. Tu serais allé t'y percher jusqu'à la mort. C'était un truc qui allait au-delà du corps. Une faim de l'esprit qui te faisait chercher la transcendance, comme si nos petites vies d'humains étaient pas assez bien pour toi. Il fallait que t'échappes à ta condition par tous les moyens.

Toujours à la recherche de la faille dans le cadre qui permettrait de t'en extraire. À tenter de délier les coutures de ton propre corps.

Ton seul but dans l'existence, c'était d'exploser les bornes du connu, de l'habituel.

T'expulser de toi-même.

Et je pouvais voir à l'avance qu'un jour, à force de chercher à t'échapper, tu déjanterais, tu t'expulserais de la vie même.

*

* *

Avant, je crevais de ligaturer tes envies ; puis, quand t'as été mis K.O., j'aurais tout donné pour que tu te donnes devant moi. J'étais même prêt à me faire trahir mille fois pourvu que tu te réveilles.

Toujours l'effet retard.

Les leçons apprises trop tard.

Mais les choses étaient loin d'être aussi évidentes que ça.

Avec le temps, j'avais fait comme les autres, j'avais commencé à te croire, à te vouloir ma propriété. L'a…, c'est pas la panacée qu'on croit : c'est l'asservissement. Y a rien de plus belliqueux que l'a...

Plus fort tu allais vers l'extérieur, plus je cherchais à te retenir. Faut dire qu'il y en a pas beaucoup qui toléreraient que leur mec se fasse troncher devant la face du monde entier. Ça a dû jouer dans le sentiment nouveau que j'avais jamais ressenti jusqu'à maintenant.

J'ai su que j'avais été marqué du fameux sceau de la jalousie quand, un jour, tu t'étais écrié :

— Oh, j'ai reçu un message de B.B. !

D'office, j'avais senti le coup louche.

Y avait un enthousiasme un peu trouble, trop poussé pour être tout à fait honnête dans cette phrase qui t'avait été arrachée comme on arrache la jouissance. Par l'exclamative. Toujours. Cette phrase toute conne que t'avais prononcée comme malgré toi, en suivant ton élan intérieur et qui atteignait sa cible, dans le mille, sans que t'en aies conscience sur l'instant. Je sentais que cette joie évidente, spontanée, soudaine, venait de loin. De tes propres souterrains. Qu'il y aurait encore une histoire à en extraire.

Là-dessus, tu m'avais fait le topo. Ton prof de philo à l'époque du bahut que tu appréciais beaucoup et qui te l'avait bien rendu puisqu'il avait fini par te la donner. Ta persévérance et tes rêves avaient une fois de plus fini par crever le tableau de la réalité. J'avais pas encore tout appris que je sortais déjà les crocs. Je me détestais d'être aussi ouvertement pas sûr de moi, et de l'être de moins en moins. Mes faiblesses prenaient la confiance et sortaient de leur terrier, progressivement.

C'était ça, l'état dans lequel tu me foutais.

— Il t'envoie un MP depuis ton profil porno en mode normal ? Il veut quoi, lui ?

— Il me demande si je suis dispo pour un café...

— Un café, ouais… Avec un peu de crème, dedans ?

J'avais agrémenté le tout d'un mime de pipe bien sportive en agitant ma main devant ma bouche avant d'ajouter :

— Il veut te niquer. Tout le monde veut te niquer.

— La rançon de la gloire…

Tu sifflais ça avec un sourire. Je t'aurais emplafonné de me provoquer ouvertement, salement comme ça, alors que ce message tentait de me foutre un knock-out.

Je m'étais opposé :

— C'est mort. T'y vas pas.

— Oh, j'adore quand tu es conservateur comme ça…

— Je vois déjà le truc venir...

— Mais tu t'en fais pour rien.

— Je m'en fais pour rien, ouais…

— Non mais vraiment, je te jure… Il est adorable.

Puis tu m'avais servi ce truc, en toute souplesse :

— Il m'a déjà niqué, donc ça craint plus rien.

— Quoi ?

Et là, tu m'avais raconté que ta première véritable expérience sexuelle s'était faite dans l'insolite le plus total, avec ton pote et ton prof, normale, en mode partie à trois, et d'un coup, je me suis mis à comprendre pourquoi t'étais toujours en recherche de nouveauté, d'originalité, de piquant, de performance : t'avais été baptisé là-dedans. Tu m'avais scié.

À côté, je me sentais un peu minable. Je réalisais que j'avais jamais fait des trucs de fou. Je détestais ce sentiment d'infériorité que ça me faisait ressentir.

Après qu'on a eu bien parlé de cet épisode qui, malgré moi, me faisait bander, tu m'avais demandé en jouant la pleureuse :

— Je peux le voir, juste le temps d'un café ? Histoire de prendre de ses nouvelles ?

— Bien sûr… Qui me dit qu'il y aura pas récidive ?

Tu m'avais lancé un sourire en t'agrippant sur le dossier de ta chaise, tes doigts cramponnés au panneau de bois avant de te lever, de fondre sur moi pour essayer de m'embrasser.

— Vas-y, m'embrasse pas, là… Tu me gaves !

Je te repoussais alors que j'avais envie de t'aimanter à

moi pour que t'ailles plus nulle part et que tu te tiennes loin de toutes ces queues qui demandaient qu'à s'infiltrer en toi et te souiller. J'étais certain que ce bâtard avait qu'une idée en tête : se retaper un tour.

— Ça lui a pas suffi de se taper un élève…

— J'étais plus son élève !

— Maintenant, il veut se faire l'acteur porno ? Vas-y, fais voir le message, là !

Tu m'avais tendu ton mobile et j'avais lu la manœuvre ultra téléphonée.

Bonjour Loup ! Quelle surprise de te revoir, qui plus est sous cette forme, dans le plus simple appareil… Agréable surprise ! Je me disais bien que le petit blond que j'avais vu dans la dernière vidéo que j'avais regardée me disait quelque chose… Comment vas-tu depuis tout ce temps ? Je vois que tu te dévoues corps et âme à la recherche du plaisir. Mes cours sur l'épicurisme ne semblent pas être tombés dans l'oreille d'un sourd…

Prenons un café à l'occasion. Je reste joignable ici à tout moment. Ça serait un immense plaisir de te revoir.

En souvenir du bon vieux temps.

Affectueusement.

B.B.

— Sérieux ?

J'avais lâché ça en te lançant un regard noir et perplexe :

— Il te tend son hameçon et toi tu cours derrière pour lui sucer la piche. Y a pas moyen que t'y ailles !

— Si ça te fait peur, viens avec moi ! Je te le présenterai !

— J'en ai un peu ma claque de me faire présenter à tous ceux qui ont fendu ton cul, tu vois… J'accepte déjà pas mal de trucs venant de toi, je te rappelle.

— Je sais…

Finalement, à force de tergiversations, d'embrouilles, t'avais abandonné l'idée de le revoir. Ou peut-être que tu l'avais fait dans mon dos, après tout, mais je crois pas. Cette lubie t'était passée aussi vite qu'elle t'avait piquée. Tu avais répondu un message vague, et l'idée même de vous revoir semblait avoir été vite engloutie par les circonstances et le temps.

Cet épisode me renseignait plus sur moi que sur toi.

J'étais mordu.

Sous tes airs de caniche, tes putains de crocs de loup jugulaient tout mon être.

*

*   *

Avec toi, c'était un truc nouveau qui m'arrivait.

Un tsunami arrivant droit devant sans possibilité de l'éviter. Je me débattais même pas face à la puissance des rouleaux. Je joignais mes forces au courant qui m'emportait complètement. Je surfais tout schuss sur cette grosse vague de dépit, de colère, d'amour bafoué, de reconquête toute furieuse.

La jalousie. Ce truc mesquin de puceau, de roquet à l'ego souffreteux.

J'avais jamais connu ça ailleurs que dans les films.

C'était de l'ordre de l'idée : une brume lointaine. Rien que de la théorie fumeuse. Un truc qui m'arriverait jamais, puisque je me blindais depuis toujours contre ce truc liquide, contre le nom qu'ils apposaient tous sur le fait de baiser jusqu'à plus se supporter.

De base, la jalousie était un aveu de faiblesse, le signe d'une relation asymétrique, un contrat léonin. C'est quand j'ai commencé à en ressentir les premiers symptômes que je sus que je venais de me perdre. J'étais tombé bien bas. La folie autour de la possessivité. Je voulais être le seul à pouvoir jouir de toi, dans tous les sens du terme. Être le seul à pouvoir capter ta face déformée par le rire ou par le plaisir. L'unique collecteur de tout ce qui t'animait.

Je voulais que tout me revienne.

Mais toi, tu trouvais rien d'autre que d'être flatté par mes scènes, tu voulais rien que la liberté, toujours. Tu trouvais des bénéfices secondaires à mes tentatives de te ramener à moi : elles te montraient que je tenais à toi. Tu adorais me voir me foutre en rogne à chacun de tes nouveaux coups. Je crois même que parfois, tu les faisais uniquement dans ce but. Pour éprouver mon a…, apprécier mon attachement.

Plus ça se produisait, plus tu te sentais en sécurité. De mon côté, plus ça se produisait, plus je me sentais menacé, petit, une chose fragile à ta merci. Ça me donnait une image de nous opposée à la réalité physique : le plus chétif n'était pas celui qu'on croyait si l'on se fiait à ses yeux. J'en aurais crevé de dépit si les choses s'étaient vues si clairement de l'extérieur.

T'avais fini par faire de moi ton obligé, même sans l'avoir voulu.

Je fouillais dans ton téléphone, je zieutais le nom affiché dès les premières sonneries, avant que tu interceptes tes appels, je scrollais tes SMS, tes réseaux sociaux dès que tu filais dans la salle de bain ; j'étais devenu un putain de junkie.

Celui qui se tordait, grinçait le premier face aux envolées de celui qu'il aimait était le faible désigné.

Je me souvenais pourquoi j'avais jamais laissé personne entrer.

J'aurais jamais dû me sentir comme ça.

Si j'étais objectif, si je regardais les choses pour ce qu'elles étaient : j'étais beau gosse, bon baiseur, bien installé dans ma vie, pas d'enfants, pas d'attache ; je pouvais être absolument qui je voulais, quand je le voulais, me réinventer tous les jours, si l'envie me venait. Le seul point d'ancrage que j'avais, ma seule faiblesse, c'était toi. Et ça, c'était le pivot, ça faisait vriller toute ma solide existence. Un point d'équilibre bancal, sans cesse en mouvement. T'étais ma fosse océanique, ma ligne de faille sismique.

Je parle comme un bouquin.

Encore un des effets que t'as eus sur moi.

On est marqués et on se souvient que des gens qui nous ont bouleversés.

Pour le coup, face à toi, je suis tombé en boule et j'ai jamais plus marché qu'à genoux.

J'étais plus rien qu'une défaite sur pattes. Et le pire, c'est que parfois, cet état de servitude et d'esclavage, en dépit de la douleur et du doute qui me foraient le cerveau, je l'aimais. Parce qu'à un moment, je te retrouvais et tout s'apaisait.

C'était notre histoire qui recommençait.

Dans tout ce bordel, l'issue à nos crises, la planche de salut, c'était le cul, le cul plus fort encore que jamais, la pulsion sanguine dans toute sa splendeur. Sa pulsation primaire. Cette violence à peine transformée. Les chairs transpercées. La viande qu'on écarte. Ouais, c'est surtout du violent, du sale, tout ça.

Quand je te tenais dans mes bras, je crevais d'envie que t'en sortes jamais. C'était comme si c'était devenu la chose cruciale dans ma putain de vie. Voilà à quoi j'en étais réduit. À être à la merci de ton humeur, de tes allées et venues, des sauts de ton instinct, ce chien fou.

La vérité : j'étais un chien en laisse. J'agissais comme celui qui tenait les rênes, mais c'était toi qui me dirigeais. Et je me donnais un mal de fou pour donner l'air du contraire.

Je dis pas que parfois, j'y trouvais pas mon compte, je dis juste que j'ai toujours fait plus de concessions que toi, mais c'était réglo, parce que je l'avais accepté en signant, ce jour-là, dans le train qui nous faisait quitter Paris pour le Sud, avec ta main dans ma main en scred entre les fauteuils.

Ce moment me revient souvent. Il est comme la pierre blanche au milieu de notre chemin.

Les limites qu'on avait convenu de mettre, j'étais certain d'une chose à l'instant même où on passait cet accord : à un moment ou un autre, tu les exploserais comme une caisse qui s'arrêterait pas à un passage à niveau, parce que c'était toujours ce que tu faisais. Rien que pour avoir les étincelles dans le bide, la joie d'avoir été encore plus loin que le paysage connu, pour défoncer les bornes qui t'enfermaient. Parce que t'étais bien le genre, juste sur le bord, à l'ultime limite, à pas freiner mais à accélérer pour te griser à mort, quitte à perdre des morceaux au passage, quitte à trouver ta mort symbolique, la destruction de tout ce que t'avais pu construire.

Parce que quand t'étais gamin, le gamin que t'es resté, tu nageais toujours par-delà le balisage pour chercher le danger, même si tout ce que tu recevais en cadeau, c'était une belle taloche de ton daron dans la face une fois que t'avais regagné la plage.

Mais t'en avais pris ton parti, parce que ça avait valu le coup. La peine valait l'excitation.

J'avais signé en connaissance de cause.

Ma mission depuis ce moment-là, ça a été de te contenir.

Et je crois que c'est ça que tu cherchais en voulant te remettre avec moi. Quelqu'un d'assez fort pour te protéger de toi-même, comme un tuteur inflexible qui montrerait à une plante qui pousserait de façon anarchique le droit chemin, mais qui aurait quand même le réflexe des tours et des tours autour de cette rectitude, serpentant sans discontinuer, en en faisant qu'à sa tête malgré le chemin tout tracé à suivre.

Tu suivais ta nature.

Et je sais pas si tu sais, mais la nature, elle kiffe pas trop les lignes droites.

*
*   *

C'était peu de temps après qu'on avait emménagé ensemble dans la maison de Saclay. Au tout début. On était encore dans les cartons. C'était juste avant que ton daron refasse son entrée dans ta vie.

— C'est quoi, ton plus grand rêve ?

— J'ai arrêté de rêver y a bien longtemps, mec.

J'aimais bien casser tes élans, pour rire. Aussi pour tenter d'essayer de me sonder. Histoire de moi aussi ponctuer nos discussions de quelques sorties bien sonnées. Même si la plupart du temps, c'était simplement pour briller ou te la faire boucler. Un jeu, en fait. Là, en l'occurrence, c'était assez vrai. Y a rien qui t'atteint vraiment quand tu poses pas tes calques sur cette réalité qui se fout bien de tes plans et fait comme elle veut.

— C'est triste…

T'avais un accent particulier dans ta voix, quand t'as dit ça. Comme si t'étais profondément peiné pour moi. Y a des fois où tu te mettais à porter la croix des autres, sans raison, sans crier gare. Ça te tombait dessus comme ça. Comme si tes limites avaient jamais été vraiment finies.

J'ajoutai :

— Non. C'est pratique. T'es jamais déçu.

— T'as sans doute raison…

Je sentais que tu m'avais posé la question pour que je te la retourne. Je me suis plié à l'exercice.

— Et toi, c'est quoi ?

Tu faisais mine de réfléchir et t'avais lâché ta petite bombe à retardement sur moi, en bon petit terroriste de l'a…

— Mon plus grand rêve, c'est un truc tout bête… Ce serait de pouvoir danser avec toi, dehors, devant les gens, ou même sans, mais sans avoir à penser à ce qui se passe autour. Juste suivre l'élan de l'instant. Sans calcul. Sans réfléchir… Un truc pur et gratuit. Ouais, c'est ça : je voudrais qu'on danse tous les deux en se foutant du monde entier.

Je voyais déjà dans tes yeux miroiter la scène que tu avais dû t'imaginer et romancer de mille et une façons, un de ces trucs cucul à souhait qui t'aurait fait mouiller si t'avais eu ce qu'il fallait.

T'avais laissé un petit temps avant d'ajouter :

— Je crois que je rêve que t'aies plus honte de moi… et

de toi, par la même occasion.

Tu t'étais tourné et m'avais offert ton dos.

— J'ai pas besoin de m'afficher pour te dire… pour te montrer que je tiens à toi. C'est à nous, à personne d'autre, ça.

Je me défendais.

— Ouais, je sais…

T'avais lâché ça d'une voix distraite, comme si t'étais déjà plus là, le corps lourd, tes petites armes déjà déposées. C'est con, mais cette fois-ci, ton attaque, si c'en était une, avait fonctionné. Je sentais l'injustice de ce que je t'offrais, de la demi-vie que le fait de vivre caché représentait pour toi. La discrétion quasi militaire que je t'avais imposée à Arles : entrer dans l'immeuble à la dérobée, pas prendre l'ascenseur en même temps, ne pas être croisés ensemble dans le quartier, jamais se rapprocher en public ; toujours ce cordon de sécurité. Je savais que la vie d'agent secret que je te proposais était loin d'être l'idée que tu te faisais d'un couple, mais c'était le *deal* et tu l'avais accepté comme j'avais accepté tes activités, ta faim indomptable de cul tant qu'elle cadrait avec ce qu'on s'était imposé.

Je t'avais demandé :

— Tu penses vraiment que j'ai honte de toi ?

— Tu me l'as dit… Mais c'est pas grave. J'aime être avec toi, Rayane. C'est juste un détail. Un rêve que j'ai. Peut-être que tu as juste honte de toi… Ou de nous deux… Je sais pas. Mais c'est pas important, Bibi…

La fatigue se sentait dans ton souffle. Je savais juste pas si c'était une fatigue physique ou une fatigue morale. D'un coup, l'idée que tu partes pour vivre avec un gars qu'aurait pas peur de s'afficher avec toi me paraissait énorme et de plus en plus probable.

Pour autant, je me voyais pas être ce gars.

Je restais là empêtré avec moi-même et mes limites.

Ce qui est drôle, c'est que souvent tu lançais une

chanson, je crois que ça s'appelle *Dancing On My Own*[9], d'une meuf dont j'ai oublié le nom et que t'écoutais souvent.

Une fois, j'avais rêvé que tu dansais tout seul devant moi. Cette vision me laboure encore le crâne et me transperce les tripes. J'avais ta chanson qui résonnait dans ma tête. Depuis ce rêve, je poussais le masochisme jusqu'à la mettre, même si ça créait des tempêtes que personne pouvait voir. C'était une punition et une promesse que je me faisais en même temps.

Si tu sortais de ton sommeil de plomb, je savais que le seul cadeau que je pourrais te faire, c'était celui-là : te faire danser en oubliant le reste.

Si tu savais comme j'aimerais m'en sentir capable, juste pour le plaisir de t'offrir cette grâce.

Comme ça, je connaîtrais le bonheur de te voir briller pour de bon.

Comme ça, je me dirais que je t'ai a… correctement au moins une fois.

*

*   *

J'ai ouvert un de tes bouquins, un soir.

Juste comme ça, au hasard.

D'entre les pages est tombée une petite fleur séchée que tu avais déposée en guise de marque-page. C'était un truc que tu faisais et qui asseyait ta mignonnerie. Elle avait encore tous ses pétales. Je l'ai prise délicatement entre mes doigts pour pas la détruire. Elle était comme toi, belle et endormie, la fraîcheur en moins.

La plante sucée de sa vie qui attendait là, entre la page 112 et 113.

Je crevais de t'injecter la chaleur qui te faisait défaut, toi, le petit soleil éteint.

Et je répétais des surnoms sucrés dans le noir,

---

[9] Dancing On My Own, Robyn.

m'imaginant te les servir, aussi doucement que tu me servais les tiens.

Je disais le mot, enfin en entier, *habibi, habibi*[10]…

Et je me demandais : est-ce que tu existerais jamais plus autre part que dans les limbes perchés que j'atteignais, en semi-conscience, entre les volutes de fumée ?

*

*   *

Un bar près de gare de l'Est.

J'avais le regard dans le vague, ce jour-là.

On venait de s'engueuler, je ne sais même plus pourquoi.

J'avais détourné les yeux de toi pour plus te faire exister. Je savais que rien que ça, ça te faisait mal à t'en retourner les tripes. Alors j'avais continué. J'essayais de rester massif dans mon ignorance. Sauf que quand tu t'étais décidé à tourner la tête pour regarder la vie qui nous entourait et qui se foutait bien de notre embrouille, moi, je m'étais mis à t'observer à la dérobée.

À un moment, après avoir papillonné quelques instants, tes yeux se sont portés sur un couple d'anonymes. Tu les avais suivis du regard jusqu'à m'offrir à nouveau la vue de ton visage. Les boucles tombaient sur ton front et flirtaient presque avec tes cils. C'est fou comme tu étais absorbé et comme ce qu'il y avait eu un instant auparavant semblait loin dans tes yeux.

Quand ils eurent disparu de ton champ de vision, ton regard avait plongé dans le mien avant de me lancer une de tes répliques. Je savais jamais si tu les gardais bien au chaud dans un coin de ton cerveau, rangées, prêtes à être déballées pour l'occasion, ou si ça te venait comme ça.

Ta bouche s'était entrouverte. Je m'étais fixé sur cette béance qui demandait toujours à être comblée. Qui appelait à

---

[10] De l'arabe (surnom affectueux), mon amour, chéri.

toutes les intrusions.

— C'est marrant. Le couple qui vient de passer… On voyait clairement qu'ils étaient ensemble, mais t'as remarqué comme le mec marchait genre loin devant elle. Il la distançait systématiquement... Comme s'il cherchait à la semer. Comme s'il voulait déjà s'enfuir… Comme s'il était déjà plus là et qu'elle, c'était plus juste que de l'écume dans son sillage.

C'était ça, les mots que t'avais utilisés.

— Ouais, et… ?

Mes mâchoires s'étaient serrées. J'avais senti venir la chute. Ce moment du revirement.

— Nous, même quand on s'engueule, on marche toujours à la même allure... Des fois, je me dis que ça doit être ça, l'attachement, l'amour, tout ce truc-là… C'est avoir quelqu'un avec qui marcher à la même allure.

Y avait eu ce silence qu'il y avait toujours succédant tes sorties. Même si c'était un putain de lieu commun, un truc que t'aurais pu avoir piqué à une série à la con, avec ta façon de le servir, j'étais vaincu d'avance. Tu le savais. Je savais que tu savais. Ton petit sourire de merde m'a contaminé. Tes dents se sont découvertes. J'étais foutu. Je pouvais presque entendre le bruit de mes armes s'écraser sur le bitume.

Je me souviens qu'il y avait du soleil ce jour-là. Un soleil de fin de journée. Ce moment-là où les bâtiments virent à l'orange. Quand la tension ambiante retombe en même temps que la poussière sur le monde.

On avait jeté de la monnaie sur la table en zinc et on avait glissé pour redescendre vers République. Et ouais, on marchait à la même allure. Même que sur le trottoir, l'air de rien, mon bras se collait au tien, ma main agrippait ton avant-bras, une demi-seconde, une complicité imperceptible, sauf pour nous.

Comme toujours.

C'était sacré.

C'était le cœur de tout.

Des fois, pendant ton coma, je redescendais la rue. J'avais

la poitrine qui se comprimait, une boule dans la gorge, comme les mains fantômes du chagrin serrées sur mon cou. J'étreignais plus que le vent, mais ma main faisait le geste, comme une volonté inconsciente de s'enrouler autour de ton inconsistance.

Mes yeux se vrillaient sur la lumière du soleil couchant. Je voulais me brûler, m'aveugler, plus voir les gens qui se heurtaient sans se regarder.

Je maudissais ceux qui avaient une main à laquelle s'accrocher.

Le soir même, je grillerai ma soirée à fixer mes yeux sur ce toi de pixels.

De toi, c'était tout ce qu'il restait : la virtualité.

Une Idée.

Je me sentais destiné à être plus qu'une retombée de toi, à m'évider en effusions perdues.

Des fois, je nous revoyais descendre la rue, toutes les fois où on savait pas vraiment où aller mais où ça nous dérangeait pas plus que ça.

On était là à errer mais on était ensemble, et c'était la seule chose qui rendait cette galère supportable.

L'important, c'est d'avoir quelqu'un avec qui marcher, non ?

*

*   *

— Mon Bibi, tu peux éteindre la télé… ?

Ta voix toute bulleuse et gémissante, comme une supplique ou l'appel du muezzin. Tes yeux à peine ouverts, agressés par la lumière de la télé, filtraient entre tes persiennes de paupières.

— Me casse pas les couilles... Il est trois heures. Je suis claqué… Lève-toi pour éteindre. Je dors, là...

Échoués sur le canapé devant l'écran plat qui délirait

dans le vide, on s'était endormis, puis réveillés, alternant entre la veille et le sommeil sans jamais avoir le courage de se déporter jusqu'au plumard. Nos corps-enclumes s'enfonçaient dans le cuir froid. Ton dos contre mon torse, un plaid sur nous. Bien souvent, je finissais toujours par te soulever façon chevalier servant. Je te soupçonne même d'avoir fait exprès d'être ensommeillé juste pour avoir le plaisir d'être porté, t'éviter la lourdeur de ton propre corps. Je te grillais facilement à ta respiration.

Tu m'avais raconté que t'avais toujours adoré ça. Que ça te rappelait le temps où ton père était aimant, quand t'étais gamin, quand tu t'endormais sur ta chauffeuse pliante toute merdique devant la télévision du salon et que tu feignais le sommeil pour profiter de ce contact rare, éphémère ; parce que c'étaient les seuls moments où ton paternel te prenait dans ses bras. Tu te retenais d'ouvrir les yeux, tu te concentrais sur le contact de sa peau sur la tienne alors que ton corps en lévitation traversait l'appartement, comme si Dieu le Père en personne suspendait les lois de la physique pour quelques instants et s'occupait de toi, rien que de toi. Et ton vieux veillait à pas cogner ta tête ni tes pieds dans l'encadrement des portes, en slalomant dans la *casbah*. Parfois, t'ajoutais une difficulté, par malice ou par vice, pour le tester, pour voir jusqu'où allait son souci de toi, en étendant tes pieds pendant le passage dans le chambranle.

À la recherche d'une preuve d'a… dans tout.

T'as toujours fait ça avec tout le monde.

De ces épisodes, t'en parlais avec une émotion impossible à identifier. T'étais comme suspendu entre une forme de béatitude et de tristesse, tu sais, ce mélange qui doit porter le nom de nostalgie.

C'est un truc comme ça que j'ai retenu. Ce truc qui devait faire partie du best of mental de tes souvenirs.

Ouais, je savais bien que tu faisais semblant, comme souvent.

Mais cette comédie me plaisait.

C'était toi, ma petite mascarade vivante.

Je te déposai sur le lit délicatement, ce soir-là.

J'avoue que des fois, pour te faire payer tes feintes, je te jetais sur le pieu sans ménagement. Là-dessus, tu éclatais de rire en me traitant d'enfoiré avant de m'attirer entre tes cuisses d'amphibien. Ton rire me parvient encore.

J'éteignais tout et je me glissais dans notre lit. Parfois, souvent même quand je te tournais le dos, tes bras tout maigres me ceinturaient, dans une illusoire inversion des rôles, avant que tes doigts aillent finalement pianoter sur mon dos des sortes de combinaisons secrètes.

Ce soir-là, tu me crachais encore tes peines mille fois ressassées.

— Je m'en veux de pas avoir su l'aimer, mon père… De mal l'aimer. J'aurais voulu l'aider à plus se détruire, mais j'ai rien fait. J'ai juste été un spectateur de sa lente dégringolade...

— T'as pas ce pouvoir-là.

— Même si je l'ai pas… C'est plus beau quand tout est joué d'avance. Se battre contre des moulins…

Tu finissais même pas ta phrase, abattu par ta propre impuissance.

Ton père, c'était ton histoire en creux. Ta plus belle histoire d'a… ratée. Le truc irréciproque et mal emboîté qui te travaillerait pour toujours. Je sentais que tu entrais encore dans tes sphères secrètes d'où tous tes regrets ressurgissaient.

— Je crois qu'il me manque...

Je luttais pour pas sombrer et continuer de te donner la réplique, pour pas te laisser seul à tes tourbillons. Et même si ça me faisait chier que tu veuilles gratter tes croûtes au moment le moins opportun, j'écoutais, je répondais avec toute la patience que je pouvais parce que ce sujet-là, je savais qu'il te vrillait le cerveau en continu, même si tu n'en parlais qu'en des occasions très rares et très précises.

— Qu'est-ce que tu veux faire ?

— J'ai envie de reprendre contact. Je veux essayer. Je

veux pas avoir de regrets.

Voilà comment tu étais : dans le domaine tout mou des sentiments, tu lâchais jamais rien.

Tu la voulais, ta preuve d'a…, et tu ferais tout pour l'avoir.

Et même si je doutais que tu l'aurais jamais un jour, je savais que tu serais jamais en paix avant d'avoir eu ce que tu voulais.

Et tu t'endormais, petit soldat, infatigable aux ruades, aux rebuffades qui t'attendaient. Elles faisaient partie du défi, et la récompense à la clef était immense… Elle était le sens même de ta vie. T'as toujours couru après la queue à cause de ce besoin démesuré d'a...

Pour toi, c'était décrocher la queue du Mickey, ravir le dernier flambeau, t'agripper à la lanterne magique, filer droit vers ton phare dans la nuit de tes pulsions, lécher la flamme de chair d'où découlerait un fleuve de vie concentrée.

Petit prince, tu t'es toujours royalement planté sur ces fontaines miraculeuses : la plupart du temps, elles ne crachaient rien que de l'instinct, jamais de l'a...

Je suppose que dans ton for intérieur, quelque chose savait que cette preuve ultime, tu l'aurais de la même manière que tu m'avais eu : à l'usure.

Tu me glissais une dernière phrase avant de sombrer, et tu me posais une colle par la même occasion :

-- Pourquoi est-ce qu'on s'aime si mal ?

Petit prince, ton regard me transperce encore dès que je ferme les yeux et, en pensée, je te réponds un truc qui t'aurait rendu tout humide, alors que j'aurais voulu que tu brilles.

J'en sais foutre rien.

*
* *

Tu nous avais réservé un week-end de trois jours dans

un petit bled près de Troyes où s'enfilaient des cottages au bord de l'eau.

En arrivant, on était allés faire un tour vers le grand restaurant-brasserie. Ambiance chic et simple. Je comprenais enfin le trou fait sur mon compte-chèques après que je t'ai filé ma CB et carte blanche.

Sur la terrasse, de larges parasols blancs, une enfilade de chênes feuillus, le petit port et ses bateaux de plaisance. Ils passaient tour à tour des chansons de crooners américains, des morceaux ambiance piano-bar avec des voix ronflantes et affectées et de la bossa-nova comme tu aimais en mettre le dimanche matin à la maison. (La seule chanson brésilienne que tu connaissais, c'était le *Aguas de Março*[11], mais passé les deux premiers couplets, tu baragouinais des sonorités vaguement portugaises qui voulaient rien dire, en forçant bien le trait, avec des r roulés et des ch plein la bouche, histoire de faire le malin et de pas perdre la face. De surtout pas perdre l'élan dans lequel la musique t'avait entraîné. Ça finissait dans une bouillie verbale et des bruits de bouche qui se voulaient comiques).

On se serait crus dans un country club. Avec le petit vent et tout, à l'ombre des arbres, on sifflait nos cocktails en nous imprégnant de la musique. Les serveurs en costard blanc nous donnaient du bonjour messieurs et l'impression d'avoir été attendus.

Ici, peu importe la dégaine que t'affichais, si tu raquais, t'étais l'égal de tout le monde. Y avait plus de différence. J'aimais que ce sésame nivelle les êtres. La thune. On en revenait toujours là. Et en même temps, ça me dégoûtait pour ceux qui connaîtraient jamais ça rien qu'une fois. Juste pour avoir le plaisir d'avoir à penser à rien et d'être enfin la gueule plongée dans le présent.

---

[11] Águas de Março est une chanson brésilienne écrite en 1972 par Antônio Carlos Jobim. Elle a été reprise de nombreuses fois au Brésil et à travers le monde.

En rompant le silence, au milieu de nulle part, t'avais eu cette phrase :

— Tu serais beau, en blanc.

J'avais presque pu la voir se poser entre nous.

— Alors, ça y est : t'ouvres déjà la vanne à conneries ? Pourtant, il est à peine quinze heures…

J'avais agrémenté le tout d'un geste, l'air de regarder ma montre. L'espoir papillonnait dans tes yeux.

J'avais tenté de l'éteindre à grand renfort d'attitude faussement cruelle :

— Je me marierai jamais. Jamais.

— On dit ça…

— Le seul anneau que tu pourrais éventuellement m'enfiler, c'est un cockring.

T'avais ri avant de me dire :

— Ouais, mais je veux plus que ta queue.

— T'as plus que ça. T'as déjà tout.

— J'ai déjà tout ?

Tu m'avais offert une mine surprise.

Je t'avais confirmé :

— Ouais. T'as déjà tout.

C'était une des rares fois où j'affichais ouvertement ma faiblesse.

Nouveau sourire.

T'avais souri avec les feuilles de menthe de ton mojito coincées entre tes lèvres pincées, en tronçonnant la tige avec tes dents. J'oublierai jamais cette image ni tes manies gamines. Overdose de guimauve.

Là, ton pied était venu taquiner mon mollet sous la table, chercher cette connivence que tu t'interdisais de faire à vue, au-dessus, avec les mains, à cause de mes limites. Je t'avais rendu ta caresse, en jouant du pied, en veillant à ce que personne ne nous grille. On était bien. Je me souviens que je me suis dit que ça suffisait à mon bonheur. Que j'avais l'essentiel dans mes mains à ce moment-là. Y avait tout ce qu'il fallait. L'été en devenir. La promesse de baiser le soir venu, ou même dans cinq minutes, une fois de retour dans la chambre, si on voulait. Et on le voulait tout le temps. Savoir que le jour suivant serait le même, dans cette espèce de paix quotidienne, sans contraintes. Comme si la vie pouvait être aussi simple que ça jusqu'à ce que la mort sonne la fin de partie.

À la nuit venue, une fois le soleil tombé dans l'eau du lac, quand la lumière restait encore un peu en suspension, on a décidé d'aller se promener. Le ciel prenait des reflets inouïs qui se réverbéraient sur l'eau du lac. Rien de plus attendu qu'un coucher de soleil, pourtant, tu tombes dedans comme si ça ouvrait une porte en toi-même que t'avais encore jamais vue. L'eau était translucide, presque tiède. On y avait trempé nos mains. J'ai encore la vision de nos paluches posées sur les galets, nos quatre mains côte à côte sous la surface.

On a vu des gamins taillés comme des allumettes jouer à faire des ricochets sur cette espèce de plage artificielle. Des petits céfran bien comme il faut. Des versions de ce que t'avais dû être à un moment donné. J'ai ramassé plusieurs pierres plates qui allaient du blanc au gris, certaines virant jusqu'au noir, et je t'en ai glissé une dans la paume de ta main.

Tu m'as demandé :

— Tu veux que je fasse quoi, avec ça ?

— Hein ? T'as jamais fait de ricochets ?

— Non.

— Pah… Il t'a rien appris ton père ? Regarde les gamins…

Tes yeux suivirent les rebonds que faisaient les pierres à la surface de l'eau, de grands bonds espacés au début pour finir par des petits sauts rapprochés avant de sombrer. Là, je lançai la mienne, observant sa trajectoire et je t'invitai à faire de même. T'as regardé la pierre que j'avais déposée dans ta main un moment. Très vite, t'arrivais plus à décrocher tes yeux d'elle.

— Alors ? Tu lances, ou quoi ?

T'as levé les yeux vers moi et tu m'as dit, tout penaud et

peiné :

— Non. Je veux la garder.

T'avais l'air d'avoir six ans tout d'un coup. Tes doigts la tripotaient, appréciaient sa texture, sa douceur, le grain, tout. On aurait dit que tu tenais le truc le plus précieux du monde entre tes doigts. T'y étais déjà attaché. Je savais bien ce qui se passait dans ta tête, avec ton espèce de syndrome de Diogène[12]. Parce que toi, t'oubliais jamais que chaque chose que tu rencontrais dans ce monde de dingue était unique. Et cette pierre, tu la reverrais jamais plus. T'en avais conscience. De la fragilité des choses, des gens, de la foutue règle de tout ce qui pouvait exister : l'éphémérité. Et cette pierre, c'était déjà le souvenir de ce jour, de ce moment, de cet instant où je l'avais posée dans ta main, et que la jeter à l'eau, c'était l'abandonner à l'oubli, se départir d'un bout de moi, d'un bout de nous. T'avais déjà écrit ton histoire avec elle. Je voyais tellement clair en toi. J'aurais même jamais cru pouvoir le faire un jour aussi facilement. Toujours à te lester de la moindre chose, ce qui te procurait le bonheur d'être riche d'un nouvel objet, mais aussi le malheur d'être un peu plus lourd qu'avant.

Tu me faisais trop pitié. J'avais encore ce foutu instinct de vouloir te protéger. Tellement que j'ai eu envie de te prendre dans mes bras mais j'en avais rien fait. Je t'ai pris la pierre des mains et je l'ai mise dans la poche de mon short.

Je t'ai invité :

— Vas-y, viens, on marche, Petit Poucet.

On a déambulé au bord de l'eau. Aux abords du parking un peu plus haut, y avait des kékés qui se prenaient pour des caïds, musique à fond, vitres ouvertes. Une petite tchoin s'égosillait pour attirer l'attention alors qu'on se forçait à l'ignorer. C'était beau ce silence dans lequel on avançait. Je te

---

[12] Les personnes atteintes manifestent un besoin maladif d'accumuler et de mettre en réserve des objets ou déchets (syllogomanie).

sentais tout fragile. Au bord des larmes. Sans raison. Comme souvent. Tes accès de sensibilité, je commençais à m'y faire et à même plus les questionner. Je me contentais de prendre la température, de sonder ton regard à intervalles réguliers, histoire de voir où tu te situais dans tes reflux, si tu te perdais pas trop.

Tes yeux de faon, tes yeux de fille... Ouais. Des fois, je crois que je voyais la fille en toi. Très furtivement. C'est ça qui m'attirait façon aimant. Ça, et le fait qu'elle soit pas complètement là non plus. Ta façon d'être un pont entre deux sexes. Je le comprenais bien à ce moment-là. Ces fois-là, je me serais damné pour toi. Je t'aurais tout donné juste pour que ta tristesse foute le camp. T'étais mon prince, ma princesse, je savais plus bien. Les deux à la fois. Je le sentais surtout quand tu te posais sur moi, quand je t'effilais, quand tu me prenais tout entier.

Je me souviens qu'on était rentrés en slalomant entre les lumières orangées des réverbères où les moustiques dansaient en sifflant.

— Des fois, j'ai peur de te perdre, comme ça, sans raison. Je me dis que j'ai trop de chance. Ça me prend tout entier et je pense plus qu'à ça. Ça me bousille, ce genre de pensées...

— T'es vraiment baisé dans ta tête, toi ! Tu veux pas juste kiffer, profiter d'être heureux au lieu d'angoisser de l'être ?

— J'aimerais… J'ai juste peur que ça se termine un jour...

Tu commençais à te prostrer mentalement. Je le sentais alors qu'on marchait l'un à côté de l'autre. Sans crier gare, j'ai passé mon bras autour de tes petites épaules osseuses, de ton corps cerf-volant. L'obscurité tombante me le permettait. La rue déserte aussi. Et puis, si jamais ça se voyait, ça se faisait, entre potes.

Tout ce que tu voyais, c'était qu'on serait séparés un jour. Tu te retrouvais ébloui par les déchirures promises. D'ailleurs, s'il y avait bien des promesses qui manquaient jamais d'être honorées, c'étaient celles-ci.

Je voulais te consoler de cette misère contre laquelle

j'avais pas de réponse à apporter. C'était juste une plaie qui se devait de rester sans bandage. Un mal contre lequel fallait même pas chercher à lutter. Tout ce que je pouvais t'offrir, c'était une distraction, comme quand on agite un hochet devant la gueule d'un bébé pour le détourner de sa peine.

J'ai commencé à te chanter un petit truc sincère qui serait capable de te réconforter.

— Tu sais… Des fois, je me dis des trucs de fou… Des trucs que j'aurais jamais cru penser de ma vie…

— Quoi ?

— Mais, attends, juste, comme ça, sous le coup de la fatigue ou de l'illusion, quand je viens de jouir par exemple, ou que j'ai le cerveau attaqué par la weed, donc c'est pas sérieux, tu vois…

— Ouais... Dis...

— Je me dis que tu serais bien mignon toi aussi, en costume blanc.

Tu t'es tourné vers moi en t'arrêtant de marcher, et juste en dessous de tes yeux mouillés, ta bouche a formé comme une parenthèse, une coupe où tes larmes pourraient tomber sans faire le moindre bruit ni le moindre mal.

Le pire, c'est que je le pensais. Des images complètement démentes de toi et moi en pingouins ont commencé à faire leur nid dans ma tête.

T'avais déjà infecté mon système, mais ton sourire, ce soir-là, ça a été ma plus belle victoire, mon plus beau *hack*[13].

Le dernier soir, histoire de finir notre séjour en beauté, sur une apothéose, t'avais tenu à voir le feu d'artifice.

On s'était posés au bord du lac, comme tous ces cons, comme des gamins sous les gerbes d'étincelles, les crépitements dorés, les éclats rouge et vert, les fontaines de lumière qui crachaient et sifflaient dans l'air gagné par le bleu noir. C'était plus que des bruits de tonnerre, des pétards et des

---

[13] Piratage.

chuintements de fusées qui filaient. Des trucs qui semblaient vouloir nous atomiser le cœur.

L'air de rien, pendant que le ciel sombre se colorait, explosait, retombait en cendres colorées, je me collai contre tes fesses, en me baissant légèrement pour que mon sexe soit au plus proche de toi, en posant mes mains sur ta taille comme j'aimais le faire souvent. J'allai même jusqu'à infiltrer mes doigts dans les passants de ton jean. Dans le noir, personne pouvait rien voir. Ils avaient tous le nez rivé vers le ciel. Toi, tu décollais pas du spectacle. Tes cheveux jouaient avec mon menton. Rien pouvait t'empêcher de boire ces explosions de couleurs. J'avais senti le besoin, l'urgence de poser ma bouche sur ta nuque. Un baiser en mode furtif, rafale, un truc de rien du tout, que t'as même pas dû sentir tellement t'étais captivé. Ma queue a commencé à durcir sous mon jean, tout contre ton cul. Y avait tout de moi, tout de mon corps qui tendait vers toi, tout qui voulait te le dire à ce moment-là. Parce que tout semblait parfait. C'est facile de s'a… sans le quotidien, dans des conditions pareilles, quand tu baignes dans le fun et la fête à longueur de journée, que le soleil t'arrose sans rien demander en retour, que ta seule préoccupation, c'est de savoir où tu vas te poser et combien de kilos de sable tu ramèneras dans le fond de ta caisse au moment où tu retourneras à ta vie civile.

On se vautrait dans cet amour de vacances comme pas permis.

Voilà pourquoi j'avais envie de le dire, à ce moment-là.

Mais c'était juste un instant de faiblesse. Et voilà pourquoi je me suis retenu de suivre cette impulsion. Les circonstances y étaient pour beaucoup, même si je niais pas ce que je ressentais pour toi. De toute manière, si je l'avais fait, les détonations auraient recouvert ma voix. C'était mon cœur qui volait en éclats. Je sais pas le dire mieux que ça. Je sais pas le dire mieux que ça, Loup.

Dis-moi que tu vois. Dis-moi que tu vois en dessous de la couverture des mots.

Je me souviens que j'avais qu'une sale envie : t'inséminer proprement.

C'est pas qu'une façon d'exulter, c'est ma façon de te le dire aussi, parfois.

Pendant de longs mois, j'ai boulotté mes regrets, surtout un, celui de pas te l'avoir dit avant, si jamais tu claquais.

Je me le serais jamais pardonné, je crois.

Et même si aujourd'hui je te le dis avec des manières de serpent, les mots crachent entre leurs sifflements étouffés quelque chose qui ressemble quand même vachement à l'A…

*
*   *

J'ai l'épistolaire à cœur ouvert, je dégaine ma plume et je me répands.

Les mots comme des revolvers fumants entre mes mains, des Berretta que je retourne contre moi-même et dont le bout portant caresse mes tempes. Alignés telles des balles pointues, ils me fendent de part en part, me grillent la cervelle ; ma caboche explose et révèle tout son contenu dans le silence de son théâtre graisseux.

Bientôt, t'ouvriras ma lettre qui saigne, celle qui signe ma faiblesse, l'aveu qui cherche à être anonyme, à taire son nom. Les pétales de rose que t'y verras, car c'est ce que tu verras, c'est en fait mon liquide vital le plus précieux. Mon esprit qui débite, mon honneur qui se délite, parce que c'est comme ça quand tu commences à a… vraiment : t'as tout ton ego qui fout le camp.

Je me suis perdu, et j'ai retrouvé quelqu'un de complètement différent. Ton absence a attaqué mes circuits, dérivé mes connexions, modifié mes composantes, mon architecture intime.

Je dépose mes armes, comme Vercingétorix aux pieds de César. J'ai le souvenir d'une image dans un manuel scolaire, en primaire, liée au siège d'Alésia, quand j'étudiais l'histoire de ce pays auquel je me sentais pas forcément appartenir. Un tableau de Lionel Royer. Le nom est resté imprimé sur l'écran de mes rétines depuis. Y a des trucs qui restent stockés en toi des fois sans que tu comprennes bien pourquoi. Des choses qui révèlent leur sens bien *a posteriori*, sur le tard.

Déjà, intérieurement, je me révoltais contre cette contradiction. C'était juste pas logique. Le tableau me disait le contraire de ce qui était censé être. Tout ce que je voyais, c'était que celui qui se rendait, c'était celui qui dominait la scène. Surplombant l'assemblée et les témoins se nourrissant de sa défaite, bien assuré sur son cheval blanc, le vaincu était libre de toute entrave et semblait au sommet de sa gloire.

Dans la pure acceptation de son destin.

Peut-être que cet instant a duré que quelques secondes, que la suite a été une descente raide et sanglante… C'est même sûr. Mais cette image de grandeur, d'honneur même dans la défaite, s'est gravée en moi. Elle esquissait cette fierté qui avait fini par faire partie intégrante de ma personnalité. Celle qui me disait que même si je me rendais un jour, j'offrirais la même face égale, pour montrer que ça me faisait pas ciller, que j'étais prêt à endurer ce qui m'attendait parce que personne d'autre que moi avait le pouvoir de vie ou de mort sur ce que je pensais de moi.

Tu me crois, si je te dis que moi aussi, même emmêlé dans la gêne que le papier parvient en partie à camoufler, quelque part, en étant aussi à découvert, tellement à nu, je me sens à mon sommet ?

Je crois que je viens de comprendre.

Quitte à se rendre, autant faire de la capitulation un art.

J'ai jamais écrit autant ni écrit pour quelqu'un, à part pour ma mère, paix à son âme. Tu sais, ces conneries de cartes de fêtes qu'on nous forçait à fabriquer à l'école le samedi matin alors qu'on aurait préféré pioncer ou zoner dans la rue à la recherche d'une connerie à faire. Y avait que là où c'était autorisé de glisser mon a…, un a… dicté par l'extérieur, imposé par l'instit, des vieux poèmes pétés parlant de vieux sentiments écrits de vieux mecs si dénués de talent qu'ils finissaient étalés dans des manuels scolaires, des lignes insipides et tellement connes qu'elles se greffent pour la vie à ces cerveaux tout neufs. « *Il y a plus de fleurs, pour ma mère, en mon cœur, que dans tous les vergers* ». Maurice Carême. Pas sûr que mes mots valent mieux que ces merdes qui traînent encore et qui se distillent encore dans ma caboche. La vérité, c'est qu'on sait pas s'a…, encore moins se le dire.

On s'a… trop tard. À rebours.

On préfère la bonne bourre, les coups de boutoir. Tout pourvu que ça cogne, que ça flatte ton corps. Le cul, ça t'explose la tronche façon bombe A, bien plus que l'a… qui se fait jamais que dans le silence, dans le secret des souterrains.

Je vais te dire : on est comme des putains de planètes qui se croisent, plantées sur une grande toile glacée, une grande toile d'araignée, et tout ce qu'on sait au fond de nous-mêmes, c'est que la collision, c'est encore le seul truc qui existe pour pouvoir se réchauffer un peu.

*

* *

Je me souviens aussi du moment où on l'a quitté, ce gîte.

On roulait sur une petite route de campagne. On était comme seuls au monde. À la radio, y avait un vieux tube oublié qui passait, *Le Soleil D'Hiver* de Niagara, d'après l'écran digital. Le monde nous fonçait dessus, le toit ouvrant déployé, le vent s'amusant à jouer avec tes cheveux. C'est dingue comme ces petits moments additionnés peuvent me sembler à la fois courts et avoir duré une éternité. Peut-être que je voyais quelque chose de signifiant dans cet instant. Sans doute parce que je captais vraiment ce qu'était un instant, précisément. Une parenthèse dans le temps, sans avant, sans après. Un segment, un épisode qui aurait pu être isolé du reste du film et qui se serait suffi à lui-même tant il réunissait toute la substance de nos vies.

C'est surtout ces moments que je voudrais retenir et écrire. Ces bulles où tout me semblait léger, facile.

Des fractions d'or.

Je te souriais, en te renvoyant tout en miroir. Ta main venait parfois se poser sur ma cuisse, sur ma queue alors que je conduisais.

Cette fois-là n'a pas fait exception à la règle.

— T'en as pas eu assez, cette semaine ?

Je te crachais ça avec un mépris exagéré. Ton appétit me plaisait.

— Comment tu oses même me poser la question ?

— Petite salope, va...

Tes lèvres se tordaient, se fendaient d'un sourire à peine voilé. Derrière tes verres ronds et dorés, je pouvais deviner sans voir tes yeux ton envie de jouer.

— Tu veux pas t'arrêter ?

Tu m'as demandé ça, et je sentais comme un impératif. T'avais le don de tourner tes ordres en questions, malgré toi. Même si j'avais le dernier mot, je me sentais pas de résister à tes élans, parce que c'étaient aussi les miens et qu'ils prenaient racine dans le même terreau fumant.

De loin, on a vu cette espèce de champ jauni que le soleil rendait plus éclatant encore. C'était fou, tant de lumière partout.

— Arrête-toi sur le bord, là.

Je m'étais exécuté, puis j'avais coupé le contact. Quand le moteur a cessé de tourner et la clim avec, y a eu ce silence qui me rappelait toujours les premiers rendez-vous furtifs qu'on se tapait, à l'ancienne. Je crois que ton sourire insinuait que t'y pensais aussi. T'adorais célébrer et je sentais que tu avais le cœur à la fête.

J'avais eu le nez creux parce que deux secondes après, tu m'as dit, en pleine séquence nostalgie :

— On se le refait ?

— Quoi ?

— Tu te rappelles la première fois que je t'ai sucé ?

— Ça date…

Je disais ça, laissant sous-entendre que ce souvenir m'était bien vague, alors que c'était tout le contraire.

Je me souvenais de tout : de la peur, de l'hiver, de la chaleur de tes mains, de ta bouche où j'étais bien, lové, à l'aise, de ton cul que j'avais percé avec mes doigts jusqu'à ce que t'exploses salement.

Quand tu te baisais sur mes doigts.

C'était ce qu'on voulait, ce qu'on veut tous : s'appréhender entièrement, de toutes les façons possibles. Par tous les trous, tous les pores.

Mais à un moment donné, c'était plus que ce que ça avait l'air d'être. Le temps avait fait son œuvre, et cette fois, pour le meilleur. Je t'embrassais plus : je te buvais. Je te bouffais, je suçais ta langue pour t'essorer de toi, pour prendre le maximum de ta personne, m'imprégner. D'aller plus loin que la chair même. C'était la même chose quand tu captais le fruit de ma source en apposant ta bouche autour de ma queue. Que je crache, que je goutte, que je m'écoule lentement, t'étais là, fidèle au poste, à recueillir ce semblant de vie que je t'offrais. Toute une dimension qu'on avait longtemps manquée, ce petit supplément qu'apportaient la régularité, la construction d'un plaisir qui allait plus loin que le plaisir mécanique, unique, jetable.

Quand t'as tout ton temps pour sonder la jouissance de l'autre, faire tomber ses digues, l'arpenter sous toutes ses latitudes.

Je m'étais surpris à y trouver une nourriture sans fin. Pourtant, je sais bien qu'un jour ou l'autre ce truc passionnel s'éteint de lui-même. J'avais juste envie de brûler aussi fort que possible, comme toi, comme quand des feux de plage se mettent à grimper super haut, apparemment sans explication, pour aller lécher le cul du ciel.

Quitte à se consumer et à plus rien avoir à la fin, autant que le procédé soit entier et souverain.

Et c'était ce que tu voulais aussi. Garder le *level* d'intensité à son climax.

Tu t'es approché de moi comme un chat, comme tu savais si bien faire, pour venir prendre ma bouche entre tes lèvres et y glisser ta langue pour me titiller, m'énerver, réveiller mes instincts. Tu savais que je détestais ça. Ta peau sentait encore le chlore de la piscine dans laquelle t'avais trempé une heure avant qu'on décampe. En réponse, je te mordis la bouche jusqu'à te faire plier de douleur, mais ça redonna du fuel à ton envie. Tu te mis à sucer mes lèvres, faire glisser ta langue sur mes dents, comme ces gamins qui découvrent tout avec la bouche pour appréhender le monde.

C'était ça.

Tu dévorais le monde entier.

T'aimais ma grosse bouche, les mecs bien lippus, la matière, la densité des lèvres bien dessinées, généreuses, celles qui ressemblaient à de bonnes grosses guimauves, tendres et gonflées, des coussins de moiteur. De ce côté-là, t'étais servi.

Les fenêtres ouvertes, on a commencé à se mettre bien. T'as sorti ma queue déjà en forme et t'as fait ton office, pour ainsi dire. L'arc de cercle qu'elle décrivait déformait ta bouche. Tu voyais que t'étais dans l'impossibilité de la prendre entière, mais rien t'arrêta, tu t'entêtas, affamé que t'étais et que t'avais toujours été.

T'as fait ce que t'as voulu.

Pas la peine de rentrer dans les détails. Ce sont des trucs qui se racontent pas, ça. Toujours la pudeur comme une rumeur qui circule dans mon sang et me ceinture le cœur.

Une ceinture de sécurité pour pas finir salement étalé sur le bitume, peut-être.

Cette fois-ci, on a joui à l'air libre, sous la lumière, le toit ouvert, nos sexes à découvert, pris dans la chaleur de l'été, et on n'avait même pas peur.

J'ai gardé ce tic, cette manie de nous regarder le faire ; je me repasse encore ces vidéos accidentelles, comme des témoins du désir qui déborde et va coloniser la machine.

J'entre dans le dossier caché de la galerie de mon téléphone comme on pénètre dans les sous-bois de sa propre pensée.

Les vidéos qu'on avait prises ensemble y sont. Juste une pression sur l'écran et tu me suces. La technologie donne aux a… des sursis, des sursauts, des semblants de survie, des boucles temporelles qui tiennent chaud.

Ce moment, j'aimerais en faire un GIF salé qui te ferait accéder à une forme d'éternité. C'est une vision sublime. T'es allongé sur le ventre, ta tête au-dessus de ma queue avec tes yeux qui ne me quittent pas. T'y mets tout de toi. Parce que t'as jamais rien fait dans ta vie sans y plonger de toute ton âme.

C'est dingue que tu fus plus vivant sur mon écran que quand j'étais près de toi, là, sur le côté de ton lit d'hôpital à tenir ta main. Pourquoi pour la première fois, ton âme, je la sentais plus ?

T'étais presque mignon, tout branché, bien droit dans ton lit comme un gamin qu'on aurait bordé.

Ça me rappelait qu'en général, t'avais le chic pour t'endormir dans des positions acrobatiques en mode petit jouet alcoolique. Ton petit cul en l'air, tes pattes en vrac, les bras ballants sur le rebord du lit, comme un pantin laissé là, le corps comme éparpillé façon puzzle qui demanderait qu'à être secoué. Ça me faisait penser qu'un jour, il avait failli finir éclaté, ce corps, et qu'un jour, il finirait comme tous les autres, disloqué, morcelé, pourrissant. Je pensais à ta mort. Par la force des choses, j'y pense de plus en plus. Même si t'es revenu. C'est qu'un sursis. Si tu t'étais pas réveillé et que ça avait duré des mois, des années, il serait venu un moment où on m'aurait posé la question de savoir si on poursuivrait ou non.

Qu'est-ce que j'aurais pu répondre à ça ?

*
* *

Autre vidéo.

Je te retrouvai, inchangé, dans le même état, la peau lumineuse dans ton caleçon au sortir de la douche, à me lancer ce regard tout mielleux. Je m'entendis même te dire, comme un bruit de fond posé sur l'image :

— Le petit prince...

Et tu me répondais :

— Le pacha…

Tu te tenais au chambranle de la porte, improvisant une danse putassière, histoire de donner à bouffer à la caméra.

Quand je te donnais ce petit nom, ça me faisait toujours penser au Petit Prince de Saint-Exupéry. Je repensais à la phrase augurale qui disait qu'on était pas forcément que des corps et des étrangers en transit l'un dans l'autre, des parasites avides de chair. Tu sais, ce truc mielleux qui pue les bons sentiments à trois kilomètres. « Je ne suis pour toi qu'un renard semblable à cent mille renards. Mais, si tu m'apprivoises, nous aurons besoin l'un de l'autre. Tu seras pour moi unique au monde. » Ça m'avait saisi. Un truc de l'ordre de la révélation. Ça prévient jamais, ces trucs-là. Ça vous tombe sur le coin de la gueule, après, y a plus qu'à se démerder avec.

Tu m'as domestiqué, tu m'as ouvert à l'a… et j'ai jamais plus vu les choses comme avant. T'as opacifié ou éclairci mon regard, je ne sais pas bien, mais te rencontrer, te faire une place dans ma vie, ça a modifié mon code source.

T'étais un putain de cheval de Troie.

Et moi, qu'est-ce que j'aurais fait si cette guerre adorée avait fini ?

*

* *

Je me forçais à te dire adieu, adieu à pleins de trucs. Tu sais, ces trucs superficiels, a priori insignifiants qui faisaient que t'étais toi, des trucs que je kiffais. Des trucs dont je me serais jamais douté qu'ils me manqueraient autant. C'était la déshabitude forcée. Et au passage, je déshabillais mon âme, je la lacérais.

Dire adieu à tes petites dents, aux traits striant ta lèvre supérieure, imperceptibles pour celui qui s'approche pas pour t'embrasser ou s'intéresse pas de manière un peu louche à ta bouche, les taches filigranées sur la peau de ton visage, visibles sous une certaine lumière, la façon qu'elles avaient d'apparaître l'été, quand ta peau bronzait, le petit renflement de chair tendre au milieu de ta lèvre supérieure, les boucles de tes cheveux onctueux comme du beurre, les os de ton bassin qui ressortent, le dessin de tes côtes sous la peau de ton buste quand t'es allongé, ta cage calcaire, ton petit cul blanc et bombé, tes yeux qui supplient, qui suppurent de ce bonheur libidineux, qui crient l'amour à genoux, ton visage maculé de moi, ta cambrure sale, tes mains aventureuses, ta bouche curieuse, ta façon de souffler chaque parole, ta voix vaporeuse au milieu de la nuit, dans la confusion et dans les cris parfois, le sifflement bizarre de ta respiration quand t'entres dans ce sommeil bien profond, celui des comateux, des plantes automatiques, ce que t'étais devenu...

Tous ces moments qu'on a documentés, les petits films merdiques, insignifiants, je devais laisser partir ça aussi.

Je me disais qu'un jour, il faudrait que je les supprime, histoire de voyager plus léger. Le blem, c'est que je voulais pas voyager sans toi. Mais déjà, je tentais de m'habituer à faire cavalier seul. Ton absence m'avait rendu plus lourd, elle avait densifié le réel. La masse de l'air, je la sentais. Elle m'ankylosait de l'intérieur, me remplissait comme un sac de plomb, une coulée de ciment. J'en venais à souhaiter t'avoir jamais rencontré, histoire de pas voir ce que je manquais.

Y a pas moyen d'effacer ? Si, un moyen simple, efficace : supprimer les vidéos, les photos, tous ces débris de toi. Il suffirait d'une ou deux pressions.

Je me voyais pas vivre avec l'ombre de tes rires, avec l'éventail de tes faces enluminées et pluvieuses engravées dans ma mémoire ; mille et une nuances d'émotions. Ces mouvements intérieurs que tu ne ressentirais peut-être plus jamais. Je me sentais condamné à te voir jaillir comme un jouet à ressort de ma boîte mentale, à n'importe quel moment. T'as colonisé mon âme. Un putain de cheval de Troie, je te dis. Oui, je me répète. J'ai le droit de m'embrouiller, de m'embourber, de m'embrumer, de m'enrouler dans mes délires, de faire traîner aussi, d'étirer en longues phrases la réalité que je veux pas voir.

J'ai le putain de droit de retarder à l'infini pour pas voir que la forteresse est déjà prise, qu'il y a juste pas le choix que de se rendre.

J'en dormais plus de penser autant. Je pensais à des trucs que j'aurais voulu expulser loin de moi.

Des fois, la gueule plongée dans le bénitier de la culpabilité, entre mes visionnages, mes branlettes, mes petites crucifixions mentales, je me repassais le film de ce soir-là, à refaire le scénario, refondre le décor, réécrire les répliques. Je m'enfonçais en moi-même, je m'engonçais dans une haine qui m'était toute destinée.

J'essayais de me rassurer, de chanter les chansons douces du genre : c'est peut-être pas tellement la façon dont on se quitte qui compte.

Il fallait que je m'en convainque, autrement, j'allais devenir fou.

Des fois, je descendais la grande avenue près d'Iéna, celle

à côté de l'agence. Dans ma voiture, je pensais à me foutre dans un arbre, tellement j'avais les boules de plus t'entendre déblatérer tes conneries. La place passager vide à côté de moi. Celle du mort. Je repensais à toutes les fois où je t'avais dit de fermer ta gueule ; ça me serrait la gorge, comme si tes mains essayaient de m'étrangler depuis l'au-delà ou les limbes où t'avais décidé de loger pour une durée indéterminée. Je me disais que c'était peut-être pour ça que tu parlais autant. Tu savais que tu ferais pas de vieux os, du coup, tu débitais à fond, habité par une espèce d'urgence de vivre qu'à ce moment-là je ne comprenais pas.

En toi, y a le gamin capricieux, celui qui siffle en se foutant du danger au milieu de la forêt, la meuf en fleur, la femme aimante et douce, la servante, la pute, la gardienne d'un foyer qui brûle tout doucement ; chez toi, y a la douceur toute laiteuse sous les sauts de cabri.

Ton père non plus, il comprenait pas. Il a jamais compris.

En fait, on était sourds à ta vitalité. Elle nous éreintait.

Mais je crois qu'on a compris depuis.

Au final, tout ce qui me restait comme certitudes dans le fond de mon lit, une fois que j'avais quitté tous mes rôles, mes vêtements, mon costard en mohair, c'étaient que des constats amers, des pensées boueuses, des réflexions boiteuses sur la vie qui tenaient debout qu'en penchant la tête.

La vie, c'était cette putain sans pitié qui te faisait crédit à volonté mais qui oubliait jamais de solder tes comptes au moment où tu commençais à croire qu'elle t'avait zappé.

Cette garce qui étale sa marchandise, attise le chaland, t'invite à prendre toute la boutique si l'envie t'en dit et t'envoie la facture à l'instant où tu commences seulement à profiter de tout ce que tu lui as pris.

Cette indécise qui donne sans compter, mais te reprend tout.

C'est pas Maurice qui me contredira.

*

    *   *

Je me rappelle qu'une fois, on avait fini la soirée devant les films français des années soixante-dix que tu kiffais et sur lesquels j'étais ignare complet.

En dépit de ton goût prononcé pour la Nouvelle Vague, les films snobs et surréalistes, des longs-métrages avec Deneuve, Morgan, Huppert, Stéphane Audran et toutes tes princesses mortes ou presque, plus ou moins bien rafistolées, t'avais aussi le goût des films plus franchouillards, avec le rire qui tache. Robert Dalban, Galabru, André Pousse, Henri Guybet, n'avaient aucun secret pour toi. Avec leurs grosses gueules de céfran. Que des vieux blazes pour des sales tronches dont j'avais jamais entendu parler. On stagnait devant tes « madeleines de Proust », et moi, je regardais avec toi, juste pour le plaisir de voir ton visage s'allumer à certains moments. C'est simple : je voyais le film en filigrane sur ta bobine. Des figures paternelles partout, des gros bonhommes gueulards, toujours l'insulte aux lèvres, des mines patibulaires, des bêtes, des violents, des coureurs, des types de mauvaise foi, des sans couilles... L'infini masculin dans ce qu'il avait de plus rebutant. Jamais des héros. Mais c'était ce que t'aimais, toi, c'étaient les fragilités sous l'apparente dureté, les rugosités sur pattes.

Sans doute que ça devait te rappeler des choses.

Ton père, qui avait jamais été qu'une loque sans profondeur et qui s'était si bien illustré dans plusieurs de ces tares, ou du moins, c'étaient les seules choses qu'il t'avait données à voir.

Est-ce que tu as jamais fait autre chose que de chercher ton daron partout ?

J'étais là à te regarder évoluer au seuil de toi-même sans rien pouvoir dire ou faire. Je sentais que je devais pas entrer là-dedans. Que ça m'appartenait pas. Tout ce que je pouvais faire, c'était parler avec toi, te faire accoucher de ta volonté, même si celle-ci court-circuitait ton propre intérêt.

Faut se méfier des trucs qu'on dit parfois dans le noir. Des fois, il se peut que l'univers écoute.

C'est en tout cas ce qu'il m'a semblé parce que c'est comme si ton vœu le plus cher avait été entendu. Deux semaines plus tard, tu l'avais eue, ta deuxième chance, ton signe du destin. Je savais pas si on le devait aux pensées que j'avais eues en regardant ton film, à ton souhait formulé dans la baignoire ou à la conjonction des deux, mais le fait était là.

On rentrait d'une expo à laquelle tu m'avais traîné.

Le hasard, ou plutôt ta volonté, nous avait fait atterrir à la gare Saint-Lazare. On devait aller dans un de ces magasins à la con où on vendait des savons exotiques aux couleurs flashy. Des trucs de gonzesses. Des attrape-gogo pour les petits consommateurs dans ton genre, avec l'argument vegan en sus, eco-friendly et tout le bordel. Je traînais derrière toi qui papillonnais d'un bout à l'autre du magasin en passant ton temps à me héler pour te suivre.

Pédé : tout dans ta dégaine, tes manières, ta voix, le criait. Je détestais cette facilité que t'avais à évoluer dans le monde comme s'il allait de soi qu'on était un couple. Je faisais toujours mine de pas t'entendre. J'avoue : j'assumais pas en société. Après avoir rempli le panier qui pendait à ton bras, t'étais ressorti avec un sachet en carton marron et tes savons emballés comme des friandises.

En nous dirigeant vers le Monoprix, je t'avais vu te taper un stop devant un clochard en train de gueuler sur une passante. Sa voix résonnait dans le grand hall et couvrait presque le bruit ambiant.

— Tu shootes dans mon verre ! T'excuse pas, hein, morue ! Salope, va… Allez, cours, cours. Moi, je cours plus, moi. J'ai le temps...

Une grande tige de crasse assise à côté d'une bouteille de

whisky en cale sèche. Ton père. Ton père ramassant les pièces que « la morue » avait renversées sur les dalles en marmonnant.

— Papa…

Je sentais que le mot venait de très profond et que cette vision te brûlait la gorge. Tu m'avais lancé un regard perdu pendant deux secondes, comme pour me prendre à témoin avant de reposer tes yeux sur l'auteur de tes jours. L'air abattu, éberlué.

Ses pieds noirs et nus se trouvaient offerts à la saleté et aux regards des passants ahuris qui finissaient par même plus le voir. Cette vision te déchirait. Je le savais. Et j'oublie pas que si j'avais souvent été témoin de ton a…, j'avais aussi été témoin de ta détresse. L'un allait pas sans l'autre.

Sans réfléchir, t'étais allé à sa rencontre, en entamant des petits pas qu'avaient pas bien l'air sûrs d'eux-mêmes. Des pas de baigneurs qu'apprend tout juste à marcher.

Tu t'étais planté là et t'avais plus bougé. Quand il a eu fini de ramasser sa fortune, il avait levé les yeux vers moi, puis son regard s'était posé sur toi.

— Les jeunes, une petite piè…

La vision de son gamin l'avait figé et avait fait comme un trou dans tout.

Son air surpris avait de nouveau laissé place à cette colère même pas masquée.

Il avait lâché :

— T'es vivant, toi…

T'avais mis un moment avant de répondre. Le temps s'était légèrement distordu.

— Je suis vivant... Et toi ?

— Qu'est-ce que tu fous là ?

— C'est à toi que je devrais demander ça.

— Tu vois pas ?

— Qu'est-ce que tu fais dehors ?

— Je vis ma vie. Allez, pars, maintenant ! Va courir comme tous les autres ! Dégage !

Les larmes que tu retenais, je pouvais les voir briller, sur le côté. Tes yeux se doublaient d'une couche transparente que j'étais le seul à pouvoir capter.

— Comment tu t'es retrouvé là ?

— Qu'est-ce que ça peut faire ? Qu'est-ce que ça peut te foutre, hein ? Toi et moi, on est en comptes ! On se doit plus rien. Allez, hop ! Et arrête de me dévisager !

Tu déglutissais avec peine.

— Tu as fait quoi de l'argent que je t'avais laissé ?

— Qu'est-ce que tu crois ? Que ça allait me durer toute la vie ? Que j'allais pouvoir vivre avec ça ? Pah ! Tu m'as juste laissé de quoi me torcher le cul.

— T'en as fait quoi ?

— Je l'ai joué ! Tu crois quoi ? L'argent, ça doit pas dormir. Ça doit circuler.

Je me suis permis de lâcher :

— Il a été bien ventilé, ouais...

— Qu'est-ce qu'il raconte, le bougnoule ? Hé, mais je te connais, toi ! C'est toi… ! T'es encore avec ce…

T'avais objecté :

— Papa…

Je te signifiai que c'était peine perdue :

— Laisse tomber, il est complètement cramé.

J'aurais dû dire imbibé façon Papa au rhum.

— Pourquoi t'es dans la rue ?

— T'es con ou quoi ? Si je suis dans la rue, c'est que j'ai pas pu faire autrement ! Il en a de bonnes, celui-là ! T'es vraiment pas une lumière...

— Et l'appartement ?

— Rendu ! J'avais plus les moyens… C'est expulsé qu'on dit, je crois.

— Comment ça, plus les moyens ? Et ta retraite ?

— Fallait bien les nourrir, les chevaux ! L'argent, ça doit pas dormir, ça doit circuler…

Son disque dur patinait. Je voyais dans ton air dépité comme une scène de démolition au ralenti. Une grande tour grise s'effondrait sur elle-même. Je me demandais même si cette attaque de tes fondations allait pas te faire t'effondrer toi aussi, comme un sucre plongé dans l'eau. Combien d'histoires fantastiques tu t'étais racontées pour t'imaginer la vie de ton père ? J'étais sûr qu'on n'aurait même pas pu les dénombrer.

— Tu peux pas rester là.

— Pourquoi ? Je suis bien, ici ! Personne m'emmerde ! Tout le monde a peur de moi, haha ! La vue, déjà, ça éloigne, mais l'odeur, c'est royal ! Ça crée un périmètre de sécurité autour de toi. J'ai toujours de la place dans le métro, moi ! Même aux heures de pointe ! Ça, c'est le vrai luxe ! Je suis pas comme tous ces cons qui courent partout mais vont jamais vraiment nulle part...

— Tu as besoin de quoi ? Dis-moi.

— J'ai besoin de rien ! Allez, casse-toi ! Rentre avec ton bougnoule ! Allez, casse-toi, je te dis !

Je m'étais mis à gueuler :

— Viens, on se nachave[14]. C'est une épave.

Et c'est ce qu'on avait fait. Mais t'avais tenu à ajouter en direction de ton daron :

— Je repasserai te voir…

C'est que quand t'avais eu le dos tourné que tu t'étais autorisé à pleurer. Alors qu'il nous regardait quitter la gare, il avait hurlé comme un possédé :

— Longue vie à toi et à ton raton !

Et pendant que je serrais mes poings, toi, tu serrais les dents.

Le soir même, t'avais atterri dans la baignoire, dans ton eau effervescente marbrée de couleurs, à compter les bulles à la surface, le regard trouble, dans le creux de tes vagues intérieures. Je crois que je t'a... encore plus dans ces moments où je te sentais loin en toi-même, les moments rares où tu ne

---

[14] Argot, du manouche *nachap*, « courir », s'en aller, décamper.

parlais pas, où tu cessais de jouer, quand le masque solaire tombait dans l'eau des regrets.

Je voyais ton vernis fondre en même temps que tes bombes de bain.

J'étais passé dans l'encadrement de temps à autre, puis j'avais fini par venir me poster face au miroir du lavabo, sans raison, ou plutôt si : sous le prétexte de me recoiffer, d'inspecter ma gueule, l'air de rien, parce que je savais que tu crevais de parler mais que t'avais trop mal.

Comme je m'y attendais, c'est toi qui avais fait le premier pas.

— Je peux pas le laisser là-bas…

Je te matais dans le reflet du miroir, immergé dans l'eau.

— Qu'est-ce que tu veux faire ? Le forcer à te suivre ? Il a lâché le guidon, ton père… Il est en perdition totale, là.

— Je peux pas le laisser vivre comme une cloche. Je sais même pas où il dort, la nuit. Si ça se trouve, il s'est déjà fait agresser… Si ça se trouve, ça lui arrive souvent.

— Il sait se débrouiller…

— Ouais, ça, oui, quand je l'ai quitté, il avait un toit sur la tête et là, il vit dans la rue, alcoolisé… Il sait se débrouiller, ouais. S'il se blesse et qu'il peut pas se soigner et que ça s'infecte et...

— C'est pas ça la question, en vrai. La question, c'est : est-ce que tu considères que c'est ton problème ?

— Ouais. C'est mon problème… Tu crois que je vais rester comme ça, bien à l'aise dans mon pieu en sachant ça ?

— Bon… Fais ce que t'as à faire, alors. Mais… tu sais très bien comment ça va finir.

— Je prends le risque.

— Tu vas te faire jeter en l'air…

Tu préféras le silence, le bruit de la mousse que tu faisais se dissiper entre tes doigts.

Je te rappelai un détail d'importance :

— Ton père, il a jamais compris qu'une chose : la bibine, la thune. Faut que tu parles son langage. Que tu l'amadoues…

— Ouais, t'as peut-être raison...

— J'ai toujours raison. Tu sais très bien qu'il crèverait la gueule ouverte plutôt que de recevoir de l'aide, surtout de toi, alors vas-y en détente. En finesse...

— Ouais.

C'est là que la mission dont tu te sentais investi a commencé.

Dès le lendemain, on était revenus à la gare.

Sans surprise, on l'avait trouvé dans les alentours, gueulant dans les longs couloirs, de grands cris qui résonnaient sous les verrières. Il trouvait rien de mieux que faire chier des passagers qui se détournaient systématiquement, évitaient tout contact visuel et parfois se bouchaient ouvertement le nez ou se couvraient la moitié du visage. C'était sans doute la seule façon qu'il avait encore d'exister aux yeux de quelqu'un. Il boitait à moitié, en tendant la main, en jetant des regards qui avaient rien d'attendrissant. Dedans, on sentait la rage qui cherchait même plus à se contenir. La fatigue. La douleur. La rancœur, aussi. Celle que tu dois avoir pour toi et pour le monde entier quand tu sens que ta propre vie t'appartient plus vraiment.

— Moi aussi, j'avais un boulot, avant !

Il se plaisait à effrayer les gens, à leur jouer la comédie, à leur faire miroiter qu'un jour, eux aussi pourraient finir comme lui. Peut-être qu'il essayait aussi de se rassurer.

— Une pièce, une petite pièce !

Finalement, pour la finesse, on repasserait plus tard. T'avais décidé d'attaquer frontalement.

T'étais allé à sa rencontre une fois qu'il était parti se reposer dans son coin, sur un bout de carton. À l'instant où t'étais entré dans son champ de vision, il avait fait de grands gestes. Il avait l'air de vouloir dégager le moustique que t'étais. Je restai en retrait, pas loin, juste assez près pour tout voir, mais trop loin pour entendre.

De ton sac, face à ses protestations agitées, t'avais sorti une bouteille de sky, format géant. Ses yeux s'étaient illuminés comme ceux d'un gosse devant les lumières d'une fête foraine. Hypnotisé comme un insecte par la lumière bleue, il bougeait plus.

Même si t'assumais pas le procédé, t'étais bien forcé de constater que ça marchait.

D'abord, il avait fait mine de soupeser l'idée, mais l'équation avait vite été torchée. Il avait fini par prendre la bouteille en te l'arrachant presque des mains.

Depuis ça, t'étais revenu tous les jours, tous les jours avec quelque chose, quelque chose qui passait de tes mains aux siennes, des sandwichs, des clopes, des mignonnettes, ces petites fioles multicolores pleines de chaleur liquide, des lingettes pour bébé... Et je t'accompagnais, quand je pouvais, en prenant soin de bien rester dans les parages pour vérifier que la situation dégénérait pas.

Il acceptait, bon gré mal gré, et d'un coup, c'était toi le mendiant, à réclamer un regard, quelques paroles, même pas un remerciement, mais rien qu'une timide marque d'attention. Je crois que même une insulte dite droit dans les yeux t'aurait fait plaisir. Quelques fois, je voyais vos bouches s'agiter, ou même, alors qu'il te faisait déjà plus exister, je te voyais rester debout face à lui, attendant qu'il utilise ce que tu lui avais apporté. Par pudeur ou pour éviter que tu consommes sa déchéance, il le faisait pas. Il te niait jusqu'à ce que tu disparaisses. Tu me rejoignais dans l'angle, à couvert, et tu guettais ses réactions.

Un sourire vainqueur illuminait ta face quand il ouvrait la bouteille et qu'il embrassait le goulot.

Ce baiser, c'est comme si c'était toi qui le recevais.

De là, à force d'attentions et de patience, les choses ont doucement pris la direction que tu voulais.

Comme toujours, t'avais tout à l'usure.

*

  * *

Avant de te parler des moments *privilégiés* que j'ai partagés avec Maurice en ton absence, je repense à ces quelques jours qu'on avait passés à Sorrente, quand on avait loué cette maison sur la côte italienne.

Grand palace contre une petite fortune.

J'hésitais jamais à claquer pour qu'on se mette bien. Je raquais, et je te demandais rien en retour, même si tu voulais participer. Utiliser l'argent que tu gagnais avec ton cul me gênait. Y a des fois, je voulais juste oublier d'où venait ce que t'arrivais à gratter.

Et cette semaine-là, je parvins à l'oublier complètement.

Les pieds dans l'eau bleu piscine, on kiffait avec en fond sonore des playlists chillwave. Tu barbotais comme un baigneur dans ton petit slip de bain qui te moulait comme pas permis. Dans ce décor parfait et ton corps avec ses proportions d'adolescent, ça donnait au tableau un côté cinématographique qui était pas pour nous déplaire.

Ta vie, c'était d'être toujours en représentation.

Notre quotidien pendant cette semaine loin des autres, c'était une partition de cul, de baignades, de photos, et de longues plages sauvages de sable et de silences avec rien d'autre à contempler que le plafond de la chambre et les rideaux volants des fenêtres grandes ouvertes, comme si de vieilles âmes dansaient devant nous.

J'avais réussi à te prendre la main, en mode furtif. Le truc qui m'angoissait au possible. Ce que t'as pu batailler pour avoir cette miette qui signifiait tout pour toi. C'était à l'étranger : ça comptait pas. Ici, personne pouvait nous atteindre. La barrière de la langue, les lieux qu'on ne connaissait pas, qu'on quitterait bientôt. Y avait une forme de facilité là-dedans. Mais c'était plaisant de plus avoir à se soucier de ça.

C'était une sorte d'essai, de répétition, une tentative, une réalité alternative.

Un monde nouveau où je pouvais me permettre d'être un peu plus moi.

Un après-midi où le cogneur nous martyrisait et rougissait ta gueule.

Ta silhouette se découpait sur le grand panneau bleu de l'horizon. Y avait pas un nuage en vue. Tu t'es retourné pour me lancer un regard. J'oublierai jamais cette image.

Au bout du chemin, en haut de la crique, y avait un plongeoir naturel duquel on avait la possibilité de se jeter. Un site connu pour ça. La promesse d'une chute d'au moins quatre mètres.

Tu m'as crié, la main vissée sur ton front comme pare-soleil :

— Tu sautes avec moi ?

Parfois, je rêve, et je revois ce moment. Comme s'il fallait que je comprenne quelque chose de cette addition de mots que tu m'as laissée en héritage. Je vis avec ce mème[15] de toi, obsédant. Iconique. D'une clarté à la fois dingue et cryptique, comme un message codé où y aurait toutes les infos, toute la vérité du monde. Un moment de clarté, tout simplement. C'est à ce caractère double qu'on les reconnaît.

Je te revois sortir de l'eau, passer du sable humide au sable brûlant en te contorsionnant. T'avais l'air d'hésiter entre la douleur et le plaisir. C'était un peu l'adage de ta vie. Alterner sans cesse entre l'un à l'autre à un rythme effréné et intenable nerveusement. Mais toi, tu pouvais. C'était ton leitmotiv. Ton monde en doux-amer. Ta vie *bittersweet*[16].

---

[15] Image virale visant à transmettre un message, une idée, un concept via les réseaux sociaux.
[16] De l'anglais, doux-amer.

Tu sautes avec moi ?

Y a des nuits, je jure qu'avant de sombrer, je pouvais entendre ta voix me demander, sur la même intonation…

Tu sautes avec moi ?

Cette phrase me tenait chaud. Elle me faisait mal. Elle se donnait l'air d'une invitation que tu me lançais *a posteriori* depuis les limbes.

Pendant des mois, tu m'as hanté, et avec toi, tes mots qui se jouaient bien de la chronologie. *Doudou, t'as vu mon portable ? On mange, Bibi ? Tu peux passer acheter du pain ?* Des phrases imprimées dans ma mémoire comme sur du papier à musique, telles ces partitions à trous pour orgue de Barbarie. Les manques sont la mélodie.

Ça formait comme une chanson que j'aurais peut-être jamais pu réécouter en live, qui aurait juste été destinée à être jouée dans ma caboche, une berceuse qui aurait menacé de s'amputer de quelques morceaux, de se réduire de quelques notes, une balade dont j'aurais perdu peu à peu la mélodie, comme une bobine qui se déroule malgré elle, avec le temps…

Je collectionnais tes phrases, tes répliques récurrentes. J'aurais voulu m'en faire des colliers, des bracelets que j'aurais pu porter pour affronter le monde. C'était la première chose que tu me disais en te levant le matin. Doudou, Bibi… c'était l'amorce pour tout. Tes guimauveries avaient toujours raison de mes résolutions et de ma détermination. Tu rendais tout mou. Liquide. Friable.

La tendresse têtue comme agent incapacitant.

Mais de toutes tes sorties, celle qui surnage, c'est celle-là.

Tu sautes avec moi ?

Partout où j'allais, partout où je vais, je l'emporte avec

moi.

Dans notre petite villa de vacances, je te matais entre les voilages.

T'étais en train de feuilleter ce bouquin qu'on t'avait offert. Un livre de photos. Le Big Penis Book. J'avais envie de te demander depuis quand tu ramenais du taf à la maison, mais à la place, je me contentais de te regarder. La couverture : plan sur entrejambe, slip blanc gonflé à bloc, tissu déformé, tenture au bord de l'implosion, toute banane visible, portant à gauche, la promesse d'un fruit bien juteux. La Bible de ta religion nudiste. Le Saint Livre mettant à l'honneur le membre adoré. À l'intérieur, des portraits de stars du porno, de modèles mâles, ambiance vintage, bites déployées, dressées, incurvées, lourdes, verges luisantes tous coloris, tous âges confondus.

Est-ce que toi aussi t'espérais finir sur papier glacé ? Est-ce que tu pensais des fois à ce que tu laisserais derrière toi une fois que tu serais muet et à l'horizontale ? Est-ce que l'idée de la postérité effleurait seulement ta cervelle d'oiseau ? Ton postérieur qu'il aurait fallu canoniser, est-ce qu'il serait un jour classé dans le patrimoine mondial de l'humanité ?

Y avait peu de chances.

Il finirait comme tous les autres : noyé par le nombre. Tu serais rien de plus qu'une viande anonyme qui avait vendu sa jeunesse et son feu au démon de la modernité.

J'avais envie de te dire… Même si les univers virtuels t'oublieraient, même s'ils feraient surgir d'autres petits démons comme toi, ton petit cul resterait ma huitième merveille et rentrerait jamais que dans mon petit panthéon personnel.

Et ça m'allait.

Ça me suffisait.

Le lendemain de cet épisode, on avait trouvé ce petit lac naturel, un peu à l'écart.

Le soir s'installait et on était seuls au monde. On avait choisi ce moment exprès pour pouvoir en profiter sans être matés.

Des oiseaux faisaient des piqués, quadrillaient le ciel, des genres de mésanges, de moineaux ou d'hirondelles, je sais pas. Ils venaient parfois raser l'eau où on se baignait, au milieu des poissons qu'on voyait clairement en dessous de nous, au milieu des oiseaux montés sur échasses, des espèces de bambous chelous, des arbres qui poussaient entre les rochers sur le bas-côté. Par moment, on se serait crus dans une rizière de l'autre bout du globe. J'ai avancé vers toi et j'ai passé mes mains autour de ta taille, avec l'eau comme couverture. Je t'ai dit de regarder en l'air, autour, partout, de prendre cette avalanche de trucs qui nous faisait croire qu'on avait notre place dans ce monde.

Ce genre de trucs qui m'illusionnait des fois, je voulais plus les voir qu'avec toi.

C'était juste beau, bon d'être là, tous les deux ; ça prenait sens de recevoir toute cette beauté en pleine face. Dans l'eau douce, avec le ciel et toutes ses putains de couleurs, rose, bleu, orange, les nuages se dissolvaient comme des traînées de craies, les arbres comme des ombres sur ce tableau clair, coloré.

On aurait dit une putain de peinture qui aurait été imaginée juste pour nous.

Le monde créé sur mesure pour nous ce soir-là.

Je t'ai fait :

— Vas-y, on nage jusqu'au milieu du lac !

J'étais sûr de gagner. Tu m'avais souri en regardant l'horizon que je venais de nous donner.

— Go !

Tu m'avais répondu direct, sans hésitation. Tout semblait aller de soi, couler, filer comme sur des rails. Pendant notre course, tu t'étais mis à crier, des petits cris aigus qui perçaient le silence ambiant.

— Y a un truc ! Y a un truc qui m'a touché !

— C'est des algues, bordel ! Continue de nager au lieu de marcher dans l'eau.

Je les avais sentis aussi, ces vieux trucs gluants qui s'enroulaient jusqu'entre nos doigts de pieds. Ça pouvait être n'importe quoi, en théorie. Des anguilles visqueuses. Des sangsues. Des bouts de cadavres boulottés par les poiscailles. Ça t'a donné des ailes. Je t'ai vu tracer comme jamais vers le balisage jusqu'au point où tu m'as dépassé et où j'ai même plus cherché à gagner. Je suis resté fixe à te regarder te démener pour échapper aux dangers que tu te plaisais à imaginer. Quand tu as atteint la limite et que tu t'es retourné, tu m'as crié, tout essoufflé :

— Bah alors… tapette… On a du mal à bouger sa viande… ? T'es qu'un gros tas de… un gros tas de muscles inutiles, en fait…

— Viens me le dire en face, petite merde !

Je te regardais, au bout de ta vie, luttant pour garder ta tête hors de l'eau en agitant tes membres d'insecte alors que t'avais pas pied.

J'avais foncé pour te rejoindre. En arrivant à ton niveau, je t'avais offert mon dos et je t'avais dit :

— Monte…

Tu t'étais pas fait prier. Tes bras s'étaient resserrés autour de mon cou pendant que tu t'étendais sur ta planche de fortune. Je sentais ton cœur battre contre mes omoplates, ton souffle se calmer peu à peu, retrouver son rythme normal. Pendant que je nous dirigeais vers la rive, tu collais ta bouche près de mon oreille, en calant ta caboche contre la mienne sans rien dire. Je nageais doucement, pour retarder le moment où il faudrait se séparer et redevenir deux corps distincts. Lesté de ton poids plume que l'eau rendait encore plus léger, je sentais que notre navire pouvait aller loin. Les choses me semblaient plus aussi lourdes que d'habitude. J'aimais les possibilités que me donnait le fait d'être seuls, sans voyeurs, sans témoins autres que nous. Je voulais plus sortir de l'eau, je le voulais tellement pas que je m'étais mis à faire du surplace.

À la fin, en sentant ton navire à l'arrêt, t'avais agrippé une main sur mon bras, et ta bouche s'était posée sur ma joue. C'était ma récompense pour t'avoir sauvé. Tu restais comme une grenouille sur mon dos, resserrant ton étreinte, bien décidé à pas te faire larguer dans l'eau poissonneuse.

Ce moment de solitude à deux m'a éclairé sur un truc.

La vie pouvait être simple, parfois.

Des moments comme ça, j'en voulais à la pelle. D'un coup, je voyais ceux qu'on avait réussi à collecter jusque-là comme des répétitions grandeur nature de la vie que je convoitais.

Mais l'éclair portait surtout là-dessus : j'étais le seul à pouvoir m'autoriser à les vivre pleinement.

Bientôt, il va falloir que je me fasse tatouer ce principe sur la peau.

En dépit du monde autour, toi et moi, on est toujours seuls au monde.

Quand je me sens au fond du trou, je repense à ce moment, je le revisite, je me le rejoue, comme toi avec les scènes de films qui t'émouvaient tant, j'use la bande jusqu'à la rupture, quitte à tout griller, à froisser la bobine, quitte à ajouter des mots, des gestes, à remodeler certains aspects du scénar dans ma boîte noire, à réécrire la fin, à affiner certaines répliques jusqu'à l'atteinte de la scène parfaite, l'émotion terminale qui te cueillerait entièrement.

Des moments de ravissement.

De rapt pur et simple.

C'est aussi ce que la mémoire fait de mieux : se réagencer sans cesse. Je fais tout ça pour mieux me lover dans cette vision, cet instant circonscrit dans le temps où on sentait qu'on avait encore la vie devant nous. Et, à force de le rejouer, ce moment accède au statut béni d'éternité.

Il devient un instant de légende. Comme une histoire qu'on se serait fait raconter mille fois dans l'enfance.

Et je me dis que je capte enfin tout ton délire sur le pouvoir de la fiction, sur tes visions cinématographiques, sur cette façon que tu avais de te mettre en scène.

Tu vois, depuis que t'es plus là, je te comprends mieux que jamais.

*

*   *

T'avais réussi à le lui retourner, le cerveau. Comme il fallait. Avec douceur et dextérité. Avec diligence et doigté. Avec toute la souplesse et le savoir-faire dont tu pouvais faire preuve pour tout contourner.

À force de cadeaux quotidiens, t'avais pu tendre une perche, un fil dont il avait eu du mal à se saisir mais qu'il avait agrippé quand même. Une invitation à venir se laver, prendre soin de lui, passer au moins une nuit dans cette petite maison qu'on venait d'acheter, dans un lit, dans une chambre d'ami qu'on avait à l'étage.

Quand tu l'avais amené devant la gare où je m'étais stationné et où je vous attendais, il avait gueulé, alors que t'ouvrais la portière :

— Il est là, lui ? Je me suis jamais fait conduire par un Arabe ! C'est pas aujourd'hui que ça va commencer.

Histoire de bien se taper l'affiche.

— Papa…

— Je veux rien lui devoir, à lui !

— Non, mais c'est gratuit, t'inquiète, Papi.

J'avais lancé ça, saoulé, oubliant le vouvoiement que j'utilisais moins par respect que pour le tenir à distance.

— Papa, monte, t'avais dit. Monte, sinon j'appelle le Samu social. Ils viendront te faire chier tous les jours, pire que moi, et eux, ils n'auront pas les mains pleines de clopes et de whisky… Je pense pas que t'auras droit à une petite chambre privée, ça sera plutôt en mode coloc avec les toxicos, tu vois… Tu préfères quoi ?

À ses yeux, on pouvait déjà voir que tu l'avais niqué.

Il avait fini par cracher :

— Tu m'emmerdes !

Puis il était monté dans la caisse en gueulant. T'avais pris ta place aussi, à côté de moi, avec un petit sourire.

— J'ouvre les fenêtres, désolé, parce que c'est pas possible là…

L'odeur me filait la gerbe.

Il avait dû m'entendre puisqu'aussitôt, il avait demandé :

— Je peux pisser sur les sièges ?

— Il est sérieux, là ?

— Tu vois pas que c'est pour te faire chier ? t'avais tenu à me rassurer.

Toutes fenêtres ouvertes, on s'était mis en route pour chez nous. Je priais pour que le trajet se passe le plus rapidement du monde. Je pensais à ma caisse, au ménage que je devrais faire ensuite, à la désinfection même, tant son état était craignos. C'est con, mais c'est comme ça.

Une fois arrivé, il avait toisé la maison de bas en haut.

— Alors, c'est ici, le nid d'amour ?

Il a ri. On avait rien à lui opposer qu'un regard blasé.

Après être entré, il a jeté un coup d'œil partout, a fait le tour de la maison d'un œil perplexe. Il devait sûrement se demander à quel moment on avait pu se payer ça. Peut-être même qu'il pensait que c'était pas dégueu, qu'il s'y verrait bien, que ça représentait même tout ce qu'il avait jamais eu et tout ce qu'il aurait jamais.

En finissant son tour du propriétaire, il s'était posté en face de nous en crachant :

— C'est où, la douche ?

Je lui avais répondu :

— À côté des chiottes, à gauche. Sinon, y a une baignoire, à l'étage.

— Ouais, c'est bon, je trouverai le chemin.

Il avait monté l'escalier en posant ses mains crasseuses

sur la rampe.

Je t'ai regardé, dépité :

— Je suis bon pour tout passer à la javel. Ma bagnole est décédée.

T'es venu tapoter mon épaule. Et même si je l'avais mauvaise, je disais rien. On venait de s'installer ensemble, vraiment, cette fois-ci, et il fallait se farcir ton père. Comme entrée en matière et réel départ, y avait mieux. C'était comme si le destin avait attendu qu'on ait ce nid propice à l'accueillir.

Une demi-heure plus tard, il était redescendu avec des fringues à moi que tu lui avais passées, un peu plus propre. Très vite, il s'était remis à faire le tour des pièces, comme un chien visiterait les lieux encore et encore pour se familiariser avec son nouvel environnement.

— Et alors, comment on fait à votre âge pour avoir ça ? On vend encore de la drogue ou son cul ? Les deux, peut-être ?

— On prend un crédit et on mène une vie d'esclave pendant vingt ans.

Avec ma réponse, je lui avais offert une gueule défaite.

— Ah ouais ? Tu fais quoi dans la vie, toi ? m'a-t-il demandé sur ce ton qu'était tout sauf doux. Au fait, y a pas de cigarettes, dans cette baraque ?

Comme une infime provocation, j'ai sorti un joint de ma poche.

Après l'avoir allumé, je l'ai tendu à ton père :

— On a que de l'herbe. Vous en voulez un peu, Maurice ?

Devant son regard outré, je buvais du petit lait.

— Non. Je fume pas ça, moi.

Alors que je te passais le joint, ton vieux s'est écrié :

— Tu fumes cette merde ?

— Ben, ouais… Des fois.

— Alors, c'est ça que tu fais… a-t-il dit en me dévisageant.

— Non, Rayane travaille dans une banque, Papa.

— Banquier ? Ah… Chez les escrocs de grande envergure ! Encore mieux… Il a été promu.

— Papa...

— À vrai dire, je suis conseiller clientèle.

— Je vois : tu vends aux gens des services dont ils ont pas besoin pour les faire cracher au bassinet un maximum… C'est un beau métier de roublard. Ça doit palper, ça.

— Ça va.

J'ai répondu avec un calme olympien.

— Combien ?

— Papa !

— Deux mille cinq. Plus les primes. Net.

— Eh ben… Y en a qui s'en font pas…

Il a regardé tout autour de lui avant de déclarer :

— C'est là qu'ils allaient, mes agios ?

J'étais en train de tenter de me rappeler pourquoi je m'infligeais ça, mais je le savais : c'était pour toi et ta petite gueule.

Là, il a commencé à s'intéresser à toi.

— Et toi, tu fais quoi ?

En un éclair, t'avais enrobé la réalité, mis une bonne couche de sucre autour de la vérité. Clairement, il était pas prêt à connaître la vraie nature de ce que tu faisais et je crois qu'il le serait jamais.

— Moi, je… Je suis comédien. Je joue dans des petits films qui passent pas forcément à la télé. Plus sur Internet… J'arrive à me faire un peu de sous avec ça. Sinon, à côté, je fais des petits boulots, des missions d'intérim.

— Comédien… il avait largué avec du mépris plein la gueule.

— De rien, au fait, pour la douche, j'avais lancé.

— Ouais, il avait répondu, l'air de s'en battre royal.

Après s'être montré avare en remerciements, ton daron s'était aventuré dans le salon et dirigé vers la télé que t'avais allumée à dessein. Il avait zieuté le canapé avant de s'y poser.

Depuis, il s'est plus jamais relevé.

Cinq minutes plus tard, il s'écriait :

— J'ai soif !

Et je te voyais jouer la servante, aller dans la cuisine, prendre un verre, verser le fond de porto que t'avais trouvé dans le placard, le lui amener et faire ça avec bonheur.

— Tiens.

Il avait inspecté le verre, pas assez plein à son goût.

— C'est tout ? C'est quoi, ça ?

— Goûte.

— C'est une dose de rat.

— C'est tout ce que j'ai. Je te donnerai un peu d'argent demain. Si tu veux, on ira faire quelques courses.

— Hum...

Il lâchait pas la télé du regard. Tu l'avais laissé à son écran avant de revenir fondre vers moi, dans l'entrée.

— Je te ferai un massage ce soir pour te récompenser de tous tes refoulements...

— Au moins ça, ouais !

— T'auras même un petit peu plus si tu tiens jusqu'à ce soir sans lui rentrer dedans.

— T'as plutôt intérêt à me tailler la meilleure pipe de ma vie…

— C'était prévu. Je sais que ce que je te demande c'est surhumain, mais je peux pas le laisser repartir. Il a rien. Il a personne...

— Wesh, calme-toi... T'as cru que j'allais te dire de le foutre dehors, peut-être ? C'est ton vieux. C'est normal. Aussi con qu'il soit. Ça me fout les boules d'être enfin dans un chez-moi que je kiffe, qu'est même pas fini d'être installé et de supporter ça, mais bon, c'est provisoire, hein ? Et puis, laisser son daron dans la misère, c'est péché. C'est ton boulet. C'est normal que tu le portes.

J'ai vu une pure flamme de reconnaissance briller dans le fond de ton regard. C'était la plus belle récompense : te savoir soulagé pour un temps au sujet de ton père. T'as posé ta bouche sur la mienne, tout doucement, du bout des lèvres, en prenant soin, avant, de rabattre la porte sur nous pour nous offrir un peu de discrétion.

Là-dessus, ton père s'est mis à gueuler.

— Hé, c'est quoi cet abonnement? Vous avez pas la chaîne Equidia dans votre box?

Le souffle de ton rire s'est écrasé sur mes lèvres.

Un quart d'heure plus tard, il ronflait, allongé de tout son long sur le canapé avec la télécommande qui menaçait de lui échapper des mains.

Cette vision semblait te rappeler des souvenirs. Je t'avais jamais vu aussi en paix. Et moi, ça me satisfaisait de te voir content. C'était un genre de théorie du ruissellement émotionnel.

Ton père s'est posé là et il est jamais reparti.

C'est à ce moment qu'on a commencé à vivre à trois.

Puis, à deux.

*

* *

Putains de moments de faiblesse. Fallait bien que j'y arrive.

Comment on peut dire ça, l'écrire?

J'étais allé à un plan, ce soir-là. Ce truc que j'assumais pas. Au bout de quatre mois de ton absence, j'avais besoin d'un corps. La faim que j'avais plus éprouvée depuis longtemps me revenait d'un coup et projetait dans mon cerveau de sales images.

Le gars te ressemblait un peu. Dans les grandes lignes. Même style. Même gabarit. Plutôt mignon. Vous aviez pour ainsi dire le même patron. Je crois que je l'avais choisi pour ça, consciemment ou non.

Il est monté dans ma caisse. J'ai revu le film. Tu te rappelles la première fois qu'on s'est captés ce soir-là devant le théâtre? Je t'avais vu faire les cent pas, comme une petite pute que t'étais. C'était tout ce que j'attendais de toi. J'étais resté dans ma caisse, sans rien dire. J'hésitais : j'étais même sur le point de rebrousser chemin, tant j'étais pas sûr de ce que je faisais, à l'époque.

Et ce soir-là, c'était la même.

Il était là à me sourire, tout coulant. J'avais l'impression de te voir. Ça m'a tué que je puisse rejouer la scène sans toi. Comme si c'était normal que ça continue. Comme si le monde faisait exprès de changer les acteurs et nous faire croire que rien ne change quand rien ne pourra plus jamais être à l'identique.

D'un coup, ça m'a pris comme un coup de fusil alors qu'il commençait à me toucher à travers mes vêtements.

— Descends.

— Quoi ?

Il a ouvert de grands yeux naïfs.

— Descends de ma caisse, putain !

Il a pas pipé. Sa main s'est cramponnée sur la poignée et il a vite coulé sur le bitume. J'ai démarré en trombe sans même le regarder.

Fallait que je parte. Que je décarre d'ici au plus vite. Que je creuse la distance entre ça et moi.

J'avais comme ta mort aux trousses et avec elle, un goût de déjà-vu étouffant.

*
* *

J'en ai eu d'autres, des moments de faiblesse.

On s'était revus. Cette fois-ci, je l'avais laissé me pomper. Je l'avais laissé m'attraper.

La lâcheté me tendait ses bras, accueillants et sans questions.

J'avais besoin de m'éclater la tête. Je l'avais pris pour ce qu'il était. Un vide burnes sans sentiments. Une opportunité vivante. L'avantage, c'est que j'étais sûr que c'était pas le genre adhésif. Dès que la sève était montée et le shoot redescendu, les regrets faisaient partie des retombées. Fallait s'y attendre. Mais dans mes mirages éphémères, je voulais pas voir.

Une fois mes couilles décantées, mon foutre distillé, je pouvais faire face à la dégueulasserie du truc. Même si j'avais le droit. Même si c'était qu'une fois. Même si je me foutais éperdument de lui. Même si, techniquement, on n'était plus ensemble, toi et moi. T'étais tellement trop loin en toi-même et je voulais tellement pas que nous ça s'arrête que ça me semblait pas réglo. J'ai craché ma glu sur sa gueule de timp[17]. Cette glu qui te revenait, c'était mon offrande, mon héritage glissé dans le mauvais tabernacle.

Il s'était essuyé lentement sans me quitter du regard, l'air de jouir de ma confusion, de ma faiblesse d'homme, animale, comme s'il se nourrissait du dégoût que j'avais de moi-même et de lui, à cet instant.

Il était content d'avoir eu un mec, un de plus, ton mec qui plus est ; il avait joui de t'avoir ôté la queue de la bouche, à la déloyale, profitant de ton horizontalité forcée, même s'il en savait rien. Ouais, j'étais en plein délire.

Dans mon esprit, ce minet laiteux avait joui d'avoir piqué un morceau de toi. Je m'en voulais de l'avoir laissé te faire ça. D'avoir baissé ma garde, rien qu'un instant, juste pour m'oublier dans le plaisir, juste pour oublier que c'était sa bouche sur ma queue, juste penser que c'était toi connecté à ma teub, mon tube dans ton tube.

Je voyais tout ça alors que je le contemplais, la gueule maculée, à genoux sur le sol entre mes cuisses. Il avait même pas giclé. Pas besoin. La satisfaction mentale que je viens de te décrire lui suffisait.

C'est à ça qu'on reconnaît les vraies salopes.

Il quittait pas son petit sourire.

Ça me donnait envie de lui aboyer dessus. Cette petite perfidie dans le regard, cette suffisance même pas voilée.

---

[17] Apocope de tainpu, verlan de putain.

— T'es content ?

— Pas toi ?

— Non.

— Ah… avait-il ri. Vous êtes tous pareils…

Je sentais le sentiment de victoire dans sa phrase de serpent servie par ses yeux de biche.

— Si tu veux, la prochaine fois, on le fera chez toi...

— Tu rentres pas chez moi, toi. Et y a pas de prochaine fois… C'était un *one shot.*

— C'est ça, ouais… Ça aussi, ils le disent souvent… Allez, à bientôt. Reviens quand tu veux.

Puis, cet autre soir, je suis entré en lui parce que je me sentais flottant. J'avais besoin d'un cadre, d'être contenu dans quelque chose.

C'est après avoir joui que je t'ai senti disparaître. Le goût de sa bouche essayait de supplanter le tien. J'ai senti le danger qu'après-coup.

J'ai pas supporté. Je supporte toujours pas.

Sitôt que j'ai joui dans la capote, bien fiché dans son cul, j'ai su que je venais de faire une grosse connerie. À peine sorti de lui, j'ai balancé :

— Je dois y aller.

— Quoi ? Déjà ? Mais… Reste un peu…

Il a commencé à coller son corps en liquéfaction contre le mien avant d'ajouter :

— Je te fais un petit massage dans cinq minutes, si tu me laisses le temps de récupérer…

— Non.

— Ton mec qui t'attend, c'est ça ? Je parie qu'il fait pareil que toi.

— Non. Il dort.

— Bah, tu as le temps, alors...

Il était encore tout essoufflé. Sa voix de chatte tentait de m'amadouer. Il était encore sur le ventre, le cul offert, celui que je venais de défoncer et qui m'avait fait jouir. Je me fixais sur sa cambrure de garce, sur la ressemblance flagrante que je voyais avec toi et que j'avais été infoutu de capter avant.

C'était trop.

Pourquoi il restait comme ça, dans cette position de salope ? Pourquoi il avait pas la décence de se retourner ? Pourquoi il continuait d'exhiber ce qui était ma plus grande défaite ? J'avais la rage et une seule envie : celle de lui hurler des trucs terribles du genre… Tu peux pas te draper dans un peu de pudeur ? On t'a pas appris à te reprendre, après ? Ça a l'air de quoi, de rester là, le trou à l'air, comme un tas de viande inerte, tout dégoulinant, comme une petite lope qu'on peut baiser à la chaîne, une, deux, trois fois ? Respecte-toi, bordel !

Son anneau de chair palpitait encore de manière indécente. Je voyais plus que ça, cet orifice vorace qui venait de prendre mon âme et une partie de toi. Il avait tout bu.

Peu après, sa main baguée a commencé à courir sur mon torse. Elle avait pas le droit de faire ça.

— Me touche pas…

Cette phrase a calmé ses élans de tendresse. Pourtant, il n'a pas cessé de me regarder, et, après avoir affiché un air contrit, sa face s'est décorée d'un petit sourire.

— Tu te laisses pas facilement approcher, Hakim…

Le faux blaze, bien sûr. Le clivage élémentaire.

— Y a pas de place pour toi.

— Pourquoi t'es ici, alors ? Pour le cul ? Juste pour le cul ?

— Arrête de parler.

Mes mâchoires se crispaient malgré moi.

Comme si mon a… pour toi avait été englouti dans ce trou noir. Ouais, ce soir-là, mon a… pour toi a fini dans son con en cul-de-sac.

J'ai honte, si tu savais.

— Je rentre chez oim.

Je me suis rhabillé en vitesse. J'ai rangé ma queue qui me paraissait prendre beaucoup de place, plus que d'habitude.

J'avais qu'une envie : qu'elle disparaisse. Elle était pareille à un flingue que je venais de me coller sur la tempe.

— On se revoit quand ?

— On se revoit pas.

J'ai claqué la porte et je suis parti mourir de chagrin en rasant le bitume, la queue sale et la conscience meurtrie.

Ça s'est pas arrêté là.

Un soir, j'étais rentré et y avait que le canapé vide où ton corps en filigrane me narguait. Ton ombre qui couvait me lançait un regard qui avait l'air de me renvoyer mes propres interrogations : et si tu revenais jamais ? Si tu te la jouais Bel au Bois Dormant *ad vitam eternam* ? Je ferais quoi ?

J'avais reçu des messages de la Lope. « Opé pour venir me baiser ? » La culpabilité m'écrasait car l'envie, elle, était de la partie. De l'autre côté, la tentation m'électrisait. Pourquoi j'avais regardé mon putain de téléphone ?

J'aurais voulu pouvoir te faire l'a.... Pas la baise. L'a.... Comme on le faisait parfois quand t'étais triste. Pas le truc chorégraphié, pour l'a… du cul, pour la beauté des gestes. Non, le truc simple.

Je rationalisais le projet. C'était sans doute ce dont j'avais besoin pour aller un peu mieux. Me vider les couilles pour me vider la tête. L'homme et la relation étroite entre son sexe et son système nerveux central. À un niveau trop haut de testo, penser droit relève de l'impossible. La seule rectitude qui compte, c'est celle qui fait de ton boxer un chapiteau, une tenture de fortune, un cirque grandiose où tous les plus avides comme toi se précipitent. Faut croire que tous les chemins nous mènent au trou, quel qu'il soit.

Moi, c'étaient les entrailles chaudes de ce petit mec usable à merci qui existaient que pour être défoncées ; toi, peut-être une cavité de terre fraîche qu'on creuserait sur mesure.

La mort, c'est encore le seul truc qui pouvait nous faire

cesser d'être dans le feu constant. Le seul antidote à notre faim de tout.

Peut-être même que tu l'enviais, cet état ? Est-ce que t'as jamais rêvé à ta propre extinction ?

Je me rappelle qu'une fois, tu t'étais émerveillé devant l'origine du mot défunt, parce que c'était le genre de truc débile qui éclairait parfois tout une partie de la réalité que tu semblais avoir manquée.

— Tu sais que le mot défunt, ça vient du mot latin *defungi*. Ça veut dire accomplir. C'est beau…

— Qu'est-ce qu'est beau ?

— Le seul moment où t'es accompli, au maximum de toi-même, c'est quand t'es mort.

— Conneries… Tu penses trop, toi.

— À ce moment, seulement à ce moment, t'atteins une forme de perfection...

C'était le genre de truc qui pouvait occuper tes pensées pendant des heures. Moi, je préférais pas y penser.

Pas penser. C'est le mantra que je passais en boucle dans ma tête alors que la mort te tendait les bras et que tu semblais marcher en toute détente vers ton accomplissement.

Je vais te dire, mon cœur, toi, moi, les salauds de queutards et tous les autres de notre espèce, on est des putains de machines à baise. C'est tout ce qui coule dans nos sangs. Je croyais être meilleur que toi, mais moi aussi, je t'ai trahi d'une autre façon.

Je me souviens qu'une des règles sur lesquelles t'avais insisté lourdement : « Tu as le droit de baiser avec d'autres, mais tu gardes pas contact et ça ne doit arriver qu'une fois. »

Lope — c'est comme ça qu'il est entré dans ma liste de contacts — c'était mon garçon-tampon en t'attendant. Son prénom, qui il est, j'en voulais pas. J'en ai jamais voulu. Je m'étais fait avoir une fois, pas deux. Je voulais que ça ait un sens, d'être tombé. Je veux pas de récidive. Pas risquer de gâcher ce qui doit rester unique.

Parce que je voulais pas que tu sortes de ma vie, même si je sais qu'au moment où t'es entré en défaillance, je venais de te cracher l'inverse en pleine gueule.

Peut-être même que c'est ça qui t'a poussé à te mettre minable, à forcer la dose pour oublier.

Lope s'impatientait. Je l'avais laissé en *Vu*, espérant qu'il renchérisse pas. Il relarguait une petite bombe sous mon crâne.

« Tu préfères peut-être juste une bonne pipe ? »

Son SMS m'avait contaminé et avait fait naître des images, des besoins de chaleur. Ou alors, c'était la terreur, la perspective de ta mort qui me faisait chercher à tout prix une échappatoire. J'avais des remords. J'allais lui répondre que c'était *dead.* Que j'avais autre chose à foutre. Que son cul attendrait. Je jure que j'allais le faire.

Je voulais me consumer dans ma peine et être fidèle à ton sommeil ; je voulais m'ensommeiller aussi. Ranger le gourdin pour mieux m'engourdir. M'engloutir sous la fumée narcotique de la beuh.

Je vis mes doigts taper sur l'écran tactile. Tic tic tic tic. Mon cerveau piégé par ces brouillards et ces bouillons mâles, je vis les mots s'aligner malgré moi.

« Attends-moi le cul en l'air et bien écarté. Je suis là dans une demi-heure. »

Mes doigts écrivaient, mais c'était pas moi. Je voulais juste oublier. J'allais me venger de la vie qui m'avait tout pris sur son cul. J'enfilai ma veste sans prendre la peine de me préparer, de me laver, de me regarder dans le miroir, quoi que ce soit. Je fonçai vers mon but, j'enchaînai les stations de métro pour oublier le réel qui me foutait des haut-le-cœur. Je me dérobais.

Ce soir, ça serait la baise, pas l'a...

Mais je te parlais en moi et je te disais des douceurs.

Je te promets que cette nuit, à travers lui, c'est toi que je baiserai, mon a...

Je crachai au fond d'une capote le surplus de larmes. Des larmes amères, toutes chargées de sel, de cristaux de chagrin, de soude caustique, vomi volcanique qui aurait dû tout cramer sur son passage. Y avait le parangon, le pantin taillé pour ça qui s'agitait encore un peu sur moi en cherchant à se convaincre que ma lave coulait au fond de lui.

Mais y a qu'à toi que je l'ai jamais donnée, ma vie qui court.

Y a qu'à toi que je la donnerai.

Promesse.

*

*   *

La cohabitation forcée.

Les premiers mois ont été les plus durs. Passé ce laps de temps, j'ai presque commencé à m'habituer à l'odeur de clope, à sa propension au bordel, son sans-gêne, ses remarques déplacées, son manque de reconnaissance évident, mais les choses ont fini par se tasser et ressembler vaguement à un quotidien normal.

Jusqu'à ce que tu t'envoles pour le pays des dormeurs têtus.

Je me souviens, j'étais rentré lessivé de ma journée.

J'avais les boules parce qu'aujourd'hui, j'avais même pas eu le temps de passer te voir. C'est con, mais à chaque fois que je manquais de temps pour venir, je te voyais t'enfoncer un peu plus dans ton lit, englouti par le matelas, entouré de fumées blanches qui peu à peu te dérobaient à mon regard, tes veines externes se multiplier pour t'enserrer comme des ronces translucides.

Déjà sur le pas de la porte, l'odeur qui embaumait m'a sorti de cette vision déchirante.

À peine passé la porte de l'entrée, la fumée des cigarillos

de ton père m'a pris à la gorge.

— Maurice, je vous ai déjà dit de pas fumer dans la maison ! Vous avez le jardin pour ça !

Voilà le cadeau que tu m'avais fait. Vivre avec ton alcoolique, raciste et homophobe de daron. Fallait vraiment que je sois croc[18] pour supporter ça.

La vie est d'une putain d'ironie : si on m'avait dit un jour que je me serais casé avec un mec, de surcroît avec son boulet de père sous mon toit, je l'aurais jamais cru. C'est ouf ce qu'on peut se foutre sur le dos malgré soi avec le temps quand on fait pas gaffe.

Il évitait les provocations, pas parce qu'il se savait redevable, mais depuis que tu étais dans le coma. Il avait dû s'étonner que je tolère encore sa présence. Peut-être qu'il s'imaginait que ça serait pour moi l'occasion rêvée de le foutre dehors.

Il s'était jamais autant murgé que depuis que t'étais à l'hôpital. Il aurait voulu pouvoir oublier qu'il tenait sa situation d'un sale Arabe comme moi, qu'il avait manqué un truc à mon sujet, peut-être même plusieurs. Parfois, ces relents acides ressortaient, comme ça, par éclairs, comme s'il pouvait pas s'en empêcher totalement. Va changer un logiciel de plus de cinquante ans, toi… Mais je serrais les dents et je me rappelais que c'était pour toi que je faisais tout ça.

Si tu nous avais vus… On avait vraiment l'air de deux cons à se regarder dans le blanc des yeux alors que t'étais pas là pour faire un tant soit peu le lien. Nos conversations se limitaient à mes réactions face à ses beuglements contre la télé et tout le réel qui y était filtré, décrypté, interprété, mis en scène. Ce que tu m'avais raconté de votre quotidien à la H., en pire, puisque nous, rien ne nous prédestinait à partager la même cellule.

On était rien moins que deux codétenus. Cette cohabitation, c'était la guerre des nerfs, le mors continuel.

---

[18] Être amoureux.

Du moins, au début.

Un soir, j'avais laissé ton père se charger de préparer le repas. Quand je suis arrivé dans la cuisine, la cendre de son petit cigare tombait dans la poêle où de la graisse commençait à buller, puis à brûler.

— Vous êtes sérieux, Maurice ?

— Quoi ?

Il s'est écrié ça, les yeux dans le flou, les mouvements amortis, un peu comme des billes dans une boule à neige, flottant dans un liquide éthylique et épais.

— La cendre, là !

— Ah…

Il a eu l'air de découvrir ce qui se passait. Il a posé son regard sur la poêle :

— Oh, merde… Ben… Ça donne du goût !

Il s'est mis à rire de ce rire qu'ont les mecs chargés. Un truc qui part d'on sait pas où et qui a du mal à s'arrêter.

Un peu plus tard dans la soirée, il me relançait sur ma bougnoulité.

— Dire que moi, Français de souche, je dors dans la rue alors que toi, t'as une baraque et…

— C'est pas une question d'origines, mais de choix. Vous avez fait de la merde. C'est tout. Assumez, maintenant.

C'était toujours plus facile pour moi de lui foutre dans les dents quand il était bourré. Il se défendait avec moins de virulence, se mettait à encaisser sans broncher. Mais je sentais bien que mes coups lui parvenaient comme amortis.

— Et arrêtez de croire que tout le monde est pareil. Des enculés, y en a partout.

— Ah, ça ouais !

Il a gardé le silence un moment et a eu l'air de réfléchir, si tant est que c'était possible. J'avais remarqué une faille dans le système, un glitch : Maurice devenait fréquentable au bout de 2 grammes.

— Non, y a pas que des sales bougnoules… T'as raison.

Y a Memet, du café de la place de la mairie. Lui, il est bien. C'est pas une merde d'Arabe.

— Laissez-moi deviner : il vous offre des coups et passe l'éponge sur votre ardoise ?

— Ouais, un vrai pote, quoi !

— Je vois…

— Et y a aussi le petit caissier du Monop qui me filait des sandwiches. Bon gamin.

— Je savais pas que vous aviez des potes rebeus, Maurice.

— Comme si j'avais le choix ! Vous êtes partout !

— Vous êtes pas vraiment raciste, au fond.

Ton père a haussé les épaules, l'air de me dire qu'il en avait rien à foutre de mes considérations.

— Ce que j'aime pas, c'est la vermine. Les parasites qui bouffent sur le dos des autres. Ceux qu'arrachent le pain de la bouche des vrais Français…

J'étais posé sur ma chaise à attendre le moment où il me caserait le « grand remplacement ».

— Ah ouais… Mais du coup, vous êtes au courant qu'on est pas tous pareils ?

Est-ce que la complexité du monde et des gens pénétrait dans ce cerveau en fumée ?

On a fini par bouffer chacun de notre côté. Je me suis fait livrer et ai laissé Maurice à ses œufs cendrés auxquels il a même pas touché.

Un autre soir, ton père était venu me faire chier alors que j'étais posé, peinard sur le canapé à regarder mon téléphone. Je crois qu'il avait pas toujours capté que j'avais un prénom bien à moi.

— Eh, oh !

J'ai levé les yeux en direction de cette grande perche qui se tenait là, au-dessus de moi.

— Comment qu'on met la musique dans ta télé ?

— Vous voulez écouter de la musique ?

— Ouais. J'en ai marre d'entendre tous ces cons déblatérer toujours les mêmes choses.

— O.K...

— Mets-moi du Pagny.

Sans prière, sans « s'il te plaît », sans vaseline. Je commençais à m'habituer à sa rudesse.

Je me suis redressé, j'ai commencé à effectuer la recherche via mon téléphone, puis ai lancé l'appli de musique sur le téléviseur.

— Laquelle vous voulez… ?

— Pas les nouvelles, hein. C'est de la merde !

— Ah ouais ?

Je me donnais l'air faussement concerné. Je répondais sans énergie, sans foi. Je faisais défiler la liste des chansons sans même regarder l'écran.

— Hé, stop, là ! Remonte ! Ouais… Comme ça… Mets-moi *Tue-moi*.

Je me suis demandé à un moment si c'était pas une demande implicite, un message subliminal de sa part.

La musique a commencé à emplir l'espace. À ma grande surprise, il est venu se poser sur le canapé, à côté de moi, le regard rivé sur l'écran qui avait rien d'autre à proposer que la pochette du single.

Entre deux quintes de toux, il s'est mis à chanter par-dessus la musique. Ça me gênait, ce truc plein de sentiments dans sa bouche. Cette rencontre improbable m'étonnait. Ton daron avait des sentiments ? Je crois que j'en détenais la preuve formelle, même si je trouvais ça pas évident à regarder.

Tu me tueras si tu t'en vas
Tout conn'ment si tu t'en vas
Qu'est-ce qui te prend ?
Où tu vas ?

— Quoi, t'aimes pas ? Remarque, tu connais rien à la chanson française, toi…

— Pourquoi ?

— Parce que t'es jeune. Et parce que t'es… Ce que t'es. C'est pas ta culture. À supposer que t'en aies une… Toi, c'est plutôt du rap de merde.

— On y revient toujours, hein ? Vous voyez que ça quand vous me regardez ? Vous voyez que ma gueule d'Arabe ?

— C'est dur à manquer. T'as quand même une vraie gueule de…

— Bah aussi chelou que ça puisse vous paraître, mon truc, c'est plutôt Françoise Hardy. Et vous foutez pas de ma gueule !

— Je te crois pas.

— Ben…

Là, je lui ai expliqué ce que je t'avais déjà raconté par rapport à ma mère qui adorait la chanson française des années soixante, soixante-dix.

Il m'a considéré drôlement un moment alors que la lecture automatique nous a envoyé le *T'en Va Pas* d'Elsa.

— T'as pas l'air, toi…

— J'ai pas l'air ? L'air de quoi ?

— D'un pédé.

— Ah…

— Que Loup…

— Ah… Et, c'est moins grave quand ça se voit pas ?

Je lui envoyais ça dans la tronche, mais au fond, je pensais comme lui.

— C'est quoi qui te plaît chez mon fils ?

J'ai trouvé cette question louche. Improbable. J'ai quand même tenu à répondre, même si j'ai mis le temps, cherchant à bien peser ce que j'allais dire, histoire de pas me prendre un retour cinglant, un truc ironique. Je cherchais la phrase parfaite, neutre, sans prise, sans reprise possible.

— Il rêve très fort. C'est ça que je préfère chez lui.

— Ah… Ouais… C'est vrai, ça. Bienheureux ceux qui peuvent encore rêver…

Il a eu l'air de tomber d'accord sur ton sort avant d'ajouter :

— Là pour rêver, il rêve… C'est vrai que c'est pas toi qui lui as fait prendre ces produits de merde ?

— Je vous le répète : j'ai jamais pris ces trucs-là, moi. Il s'est défoncé tout seul. Faut croire que c'est de famille, l'intox… Vous êtes pas si différents.

C'était sorti malgré moi. Ton père a pas eu l'air de se formaliser. Il était comme en état de faiblesse.

Il a juste répondu :

— Des fois, faut ce qu'il faut pour supporter tout ça.

Là-dessus, il a ajouté :

— C'est con, la vie...

— Ouah… Vous devriez penser à écrire des bouquins, sinon toute votre sagesse risque de partir avec vous… Vous en avez d'autres, des comme ça ?

Il m'a regardé en coin avant de se foutre à rire et de me demander :

— Tu vas attendre longtemps ? Qu'il se réveille ?

J'ai levé le sourcil, l'air de trouver la question chelou.

— J'ai le choix ? C'est une façon de me demander combien de temps vous allez pouvoir rester ici ?

— Il se réveillera sans doute pas…

— C'est cool ce genre de phrase. Ça aide à aller mieux.

— Faut regarder la vérité en face, fiston...

Mon regard s'est vissé au sien. Il devait être vraiment bien attaqué pour me donner du fiston. Sa main est même venue se poser sur mon épaule quelques secondes pendant que son regard continuait d'appuyer cette phrase qui était suspendue entre nous comme un pont tendu. Je pouvais sentir son haleine pleine de tabac, voir ses dents toutes attaquées par la nicotine et le goudron.

Il a rallumé son cigare pourri, a rapproché le cendrier de lui et on est restés comme ça avec la musique entre nous parce qu'on n'avait rien de mieux à dire.

Ce soir-là, les regrets de ton paternel ont fini dans le cendrier alors que les miens flottaient et flotteraient encore longtemps dans ma carafe.

Mais y avait un truc qui m'était apparu ce soir : Maurice et moi, on était deux mecs en cendres.

Et toi, t'étais un soleil sans conscience de sa propre extinction. Coincé au pays de la conscience abolie, dans l'antichambre de la mort, la salle d'attente juste entre les rêves et le néant, dans ce couloir venteux où toutes les portes sont ouvertes et claquent en continu.

Si tu savais ce qu'on t'enviait.

*
*   *

La fumée commençait à chauffer le citron de Maurice sévère et lui sortait des naseaux.

Il se perdait en lui-même en évoquant le passé.

En lui, l'alcool se répandait. Contre lui, la fumée gagnait.

La mort de sa femme, dont il avait jamais pris la peine de divorcer d'ailleurs, semblait le peiner plus qu'il le disait. Il était veuf d'une femme qu'il avait plus vue depuis presque plus de dix ans.

Ça devait laisser toute la latitude pour rien ressentir, ça. Cet éloignement. Un moment, j'avoue que je me disais que c'était ce qu'il aurait fallu que je fasse, au cas où tu te réveillerais jamais : espacer mes visites jusqu'à venir de moins en moins, pour que tu deviennes un point au loin, un détail dans mon esprit, pour que la douleur soit moins forte, le jour où…

Depuis plusieurs semaines, le sujet revenait, tournait en boucle. Il s'était mis à lever le coude plus que d'habitude, comme si plus, c'était possible. Mais ça, tu as eu le temps de le voir, puisque c'était juste avant que tu prennes le large.

La mort de ta mère, tu l'avais prise avec philosophie. Je me souviens que tu avais pas pleuré. C'était un mois avant que tu te fasses la malle.

Je t'avais même fait part de mon étonnement :

— Je m'attendais à ce que tu sois plus…

— Non. Je suis content pour elle. Elle a eu la vie qu'elle voulait avant de mourir. Elle a mené sa barque… Tu vois, ça me fera plus de peine quand mon père partira, parce que toute sa vie il sera passé à côté de lui-même. C'est différent, dans ces cas-là. T'as juste l'impression d'un grand gâchis. Non… Moi, je suis content pour elle. Elle a réalisé le rêve de sa vie. Et c'est aussi le mien...

— C'est quoi ?

— Être une grande, une éternelle amoureuse.

T'as souri quand t'as dit ça. T'as même ajouté :

— Même si j'ai l'impression de l'avoir jamais vraiment connue, c'est un peu mon héroïne. Elle a fini par vivre que pour elle-même. Et les héros, ça meurt jamais, au fond. L'idée d'eux-mêmes perdure au-delà de la chute du corps. Et tu peux rien contre les idées. Elles se trouvent là.

T'avais fait le geste, portant ta main bien loin au-dessus de ta tête.

J'avais pas pris le temps de flotter dans tes belles phrases, car la crainte m'avait fait parler :

— Toi aussi, tu vas te barrer, quand t'estimeras que nous deux on n'a plus de fuel ?

— Je suis déjà parti, Bibi. Mais je suis revenu…

— Ouais. Mais c'était peut-être un faux départ. Qui dit que tu recommenceras pas ?

— Arrête...

Je me souviens aussi que notre discussion en était restée là. T'avais posé ta main sur ma tête en me frictionnant légèrement, un peu comme on le fait avec une brave bête qu'on sait qu'on finira par euthanasier.

Ce geste était loin de me rassurer. C'était rare que je m'ouvre comme ça.

Maurice, lui, avait pas l'air aussi ravi que toi quand il parlait de celle qui t'avait expulsé de sa chatte et qui était partie pour aller la montrer ailleurs.

-- Tu pourras m'emmener au cimetière demain ?

-- Si vous voulez… Dites… Je comprends pas cette soudaine passion pour votre femme… Vous pouviez pas la voir de son vivant et maintenant qu'elle est morte, vous vous rendez presque deux fois par semaine sur sa tombe… C'est pas que ça m'embête de vous conduire mais, c'est un peu chelou, votre affaire…

-- J'ai raté ma vie...

-- Ah.

Je voyais pas le lien.

Il a continué :

-- J'ai raté ma femme...

Je sentais le reste venir.

-- J'ai raté mon fils…

-- Je vois plus qu'une solution, Maurice : vous flinguer de suite ou construire une machine à remonter dans le temps.

J'espérais que ça le ferait rire. Depuis quand j'espérais un truc pareil ?

Sa bouche s'est juste tordue machinalement.

-- J'aurais peut-être dû insister…

-- Insister ?

-- Quand elle m'a dit qu'elle se faisait baiser par un autre.

-- C'est-à-dire ?

-- Elle voulait tirer un trait sur tout, même son fils. Ça l'intéressait plus d'être mère. Comme si moi, ça m'avait un jour intéressé d'être père… Bah… Mais, ouais… Pendant un moment… J'étais venu à me dire que… Elle aurait pu rester. Au moins par intermittence. Pour le gamin.

-- Vraiment ? Je pensais que vous auriez juste eu envie qu'elle dégage vite fait. Elle vous trompait, quand même.

-- Ouais… Mais, la vérité, c'est que ça me faisait rien.

Enfin… Le sexe, ça m'intéressait plus. Ça me faisait chier pour le reste. Je me souviens que c'est une des premières choses à laquelle j'ai pensé… Les courses. Les factures. Les rendez-vous. Le monde extérieur, quoi. Elle aurait au moins pu…

— Assurer la permanence ?

— Ouais. J'étais prêt à lui donner le droit d'aller se faire tringler, tant qu'elle le faisait loin d'ici et qu'elle le criait pas sur tous les toits. Mais non, il a fallu qu'elle déclame ! Qu'elle réclame ! Qu'elle aille me salir. Qu'elle s'affiche avec sa bite sur pattes. Il fallait que les commentaires du voisinage me reviennent…

Je pouvais pas lui dire combien je me sentais proche de lui, parce que j'avais honte, parce que mes cornes, même si c'était juste une couronne d'épines, un auto sacrement, j'aurais jamais le déshonneur de les porter, ni même de les évoquer, même si ça avait été convenu comme ça parce que j'avais accepté ton « métier ». Ouais, je pouvais pas lui dire que tes activités sexuelles aux yeux du monde, par leur nature, portaient des coups à mon ego, et combien je rognais sur mes propres limites pour te faire une place dans ma vie, mais c'était parce que je le voulais bien.

Je pouvais pas lui dire que je te voyais te faire tamponner en continu par des types que tu connaîtrais jamais vraiment et que ça me vrillait le cerveau.

Mais toi et moi, c'était plus qu'une histoire d'arrangement avec la réalité, c'était une forme d'a..., pas juste un marché.

C'est là que ça m'a frappé.

Pour avoir envisagé ça, ton vieux devait t'a… bien plus que lui-même. Et même si l'ego l'avait emporté à la fin, il s'était posé la question. Pour toi. Pour lui aussi, sûrement. De pas devoir assumer le quotidien et laisser ces questions subsidiaires à ta mère l'aurait arrangé lui en premier lieu, mais quand même.

Pour la première fois, ton daron affichait un aveu criant de faiblesse : il était incapable d'assumer la vie de tous les jours et sa galère, il la voyait arriver de loin. Et il était prêt au déshonneur pour vous faire continuer à avoir une vie à peu près stable.

Ça m'a laissé quelque part entre la pitié et l'admiration.

— Vous le connaissiez, le mec avec qui votre femme est partie ?

— Non. Je sais juste que c'était un putain d'Arabe !

Tout s'est éclairé à cet instant.

— Ah, mais attendez… Je comprends mieux...

— Tu comprends quoi ? Non ! Y a rien à comprendre.

— Ça date de là, votre haine des rebeus ?

— Non. Ça remonte à plus loin ! Ça a juste fait que confirmer ce que je pensais !

— Vous croyez que vos potes, bien de souche, s'empêchent de tirer les femmes des autres, peut-être ? Vous, vous avez jamais essayé de vous taper la femme d'un type que vous connaissiez, peut-être ? Me la faites pas…

Il a gardé le silence avant d'aboyer, après avoir inondé sa gorge et fini la bouteille :

— J'aurais préféré que ça en soit un comme ça !

— Comme si ça changeait quelque chose… C'est la couleur qui vous dérange ?

— Non. C'est le fait de l'imaginer se donner avec plaisir avec un métèque juste parce qu'elle savait que ça me rendrait fou… Elle a pas pu se trouver un Français, non, il lui a fallu un bicot… Rien que pour me faire chier.

— Peut-être qu'elle avait juste besoin d'exotisme, dans tous les sens du terme... Le quotidien, ça vous mine. Et faut pas se mentir, qu'on choisisse de le faire ou non, l'idée de sentir une peau nouvelle sur la sienne, c'est quelque chose. Ou peut-être qu'elle avait juste besoin que vous la reteniez…

Je me suis mis à parler comme un bouquin. Comme toi, en fait. Je me trouvais étrangement sage face à ton père.

Je pensais à ce que je venais de dire, à la façon dont je

kiffais la confrontation de nos couleurs de peaux, la façon dont elles se mariaient, quand ton corps était sous le mien, sur le mien, cette confrontation qui rendait mon désir, nos désirs, plus pêchus, plus entêtés qu'ils ne l'étaient déjà, avec cette volonté de se mélanger complètement sans jamais vraiment y parvenir.

— Elle a fait ça pour me faire chier, c'est tout !

— Bien… C'est vous qui savez… Et malgré ça, vous voulez aller la voir ?

— Faut pas croire que j'oublie le reste. Même si ça salit tout ce qu'il y a eu avant, ça l'efface pas.

— Avant ?

— Avant que Loup naisse, et un peu après. Pendant un moment, c'était bien. Faut que je me souvienne de ça, sinon, je me fous une balle. Si j'ai même pas ça à me souvenir, autant crever.

Se souvenir du beau. Maurice m'étonnait d'autant de sagesse si mal formulée.

— C'est pour ça que je veux y aller… Pour me souvenir. Et parce que tôt ou tard, on va se rejoindre. On finira pareil. Et parce qu'aujourd'hui, toute la haine que j'ai ressentie, elle s'éparpille comme un tas de cendres... Elle a tout pris. Elle m'aura décidément tout enlevé, celle-là…

— C'est pas le propre des gens qu'on aime, ça, de tout prendre ?

Encore un soir tombant comme la misère sur le monde. Je continuais les jeux de nuit.

C'était la seule façon que j'avais à disposition pour te voir en mouvement.

Je te regardais jouer, t'ébrouer, agiter leurs engins au goût que j'imagine âcre. Des friandises pour tes yeux, ta bouche. T'en avais jamais assez. C'est ça qui transpirait de l'image, de cette mise en scène sommaire, nue, de ce festin de peaux, de sexes rosis et d'orifices baveux. La promesse dans ton regard de faire couler leurs liqueurs anisées. Les explosions que tu ménageais, que tu retardais, que tu attisais, celles des téléspectateurs, des branleurs retranchés derrière leurs claviers que tu *teasais*[19].

Et bientôt, à quatre pattes, allongé, c'est leurs sirops que tu tisais. Tu te cambrais, tu t'enroulais autour de leurs membres, inflexibles, infatigables. Ils te pillaient, te torpillaient à coups de pines, et au même tempo que leurs jus, y avait toute ma peine qui dégoulinait.

Je me repassais tes œuvres complètes dans le noir.

Les couleurs de l'écran m'éclaboussaient avec leur lumière teintée sur ma peau, sur les murs, dans une tentative illusoire de me contaminer de leur chaleur. Malgré moi, ma queue se dressait sous mon survêt de nuit, mais j'étais pas dans le mood. C'était rien qu'un réflexe. J'aurais voulu pouvoir te régaler, moi aussi, mais j'étais comme paralysé. L'esprit pétrifié aussi fort que ma bite.

Y avait comme un truc qui était plus correct dans le fait de me branler devant toi, maintenant que j'avais l'impression que tu te dirigeais vers la mort. Pourtant, ça devait fuser sévère dans ta petite tête, mais t'étais enfermé dedans, prisonnier de toi-même. La liaison avec ton corps était rompue. Et j'attendais que l'envoûtement se dissipe. Que le charme prenne fin.

Les jours comptaient double, triple. J'avais pris perpète. Tout ce temps qu'on passait pas ensemble, c'était du temps perdu. J'allais plus nulle part. Je transitais. Ma caboche en cellule capitonnée, je me refaisais nos films, nos délires, nos embrouilles qui prenaient d'un coup une lumière vachement plus crue. Mes souvenirs s'affinaient comme du vin millésimé.

Pourquoi j'avais peur de plus avoir que des souvenirs, d'un coup ?

---

[19] De l'anglais, un teaser (nom) est une publicité au message plus ou moins énigmatique, dont le sens sera dévoilé plus tard ; ici utilisé en verbe, il détient le sens d'aguicher.

L'impression d'être dans la salle d'attente de la vie et que personne m'appelait.

Personne m'attendait, à part un ieuv sans foi ni loi qui couvait une portée de regrets.

Dans le milieu de la nuit, je me suis rendu dans le salon où je trouvai ton daron devant la télé sans le son, son verre posé sur la table basse. À moitié vide, à moitié plein ? Où il en était dans son éclusage ? Qui pouvait le dire ?

— Tu dors pas, gamin ?

Le petit surnom m'indiquait qu'il était bien attaqué. Je préférais. Il était plus facile à manier comme ça.

— Viens, viens t'asseoir avec ton vieux…

Je me suis posé sur le canapé en zieutant l'écran où un reportage sur l'Allemagne nazie passait. À côté, notre guerre intérieure nous paraissait insignifiante, mais tellement plus cruciale.

— T'arrives pas à dormir non plus ?

— Non. Je suis en train de devenir un zombie.

— Bienvenue au club, fiston… Allez, tiens, ça s'arrose… Prends un verre.

— Je bois pas ça.

— Bois dans mon verre.

— Non. C'est bon.

— Bois, je te dis !

Et j'ai bu pour qu'il me foute la paix. Après le dernier plan sur les cadavres sur une musique dramatique, ton vieux a attrapé la télécommande pour foutre Deezer, sans transition.

Sa putain de musique vrillait mes tempes et s'insinuait derrière mes yeux ; elle allait se loger jusque dans les cavités de mon palpitant. Ces putains d'harmonies faciles, d'émotions factices, jouées, orchestrées, destinées à atteindre la cible savaient où frapper, contaminer mon cœur pour leur imprimer leurs propres battements. *Il a neigé sur Yesterday* de Marie Laforêt. Je me laissais complètement happer, emmener sur une vague lente mais sûre d'elle. Les trucs sucrés dont t'avais l'habitude ont leur façon de vous prendre dans leurs bras, de vous faire dériver lentement.

C'étaient tes manières, ça.

Voilà ce que ça donnait d'être biberonné à la culture de la barbe à papa, aux yéyés, aux soap opéras, aux séries pleines de bons sentiments. J'étais là à me faire remplir de ces émotions qui étaient pas les miennes, ou peut-être à être soumis à ces sons qui font remonter à la surface ce qui était mieux dans l'enfouissement, mais j'étais incapable d'éteindre la musique, d'interrompre ce flux qui me traversait, incapable de stopper ces trombes de miel translucide qui me pleuvaient dessus.

Si tu devais pas revenir… Je voulais pas de tes legs. Garde nos souvenirs, garde tes chansons, garde tout. C'aurait été trop lourd pour ma conscience. Ça me plombait.

La vérité c'est que trop souvent, je mouillais mes yeux sur des chansons à toi. Je pataugeais, je m'enlisais sur des sortilèges qui me faisaient rien avant et qui s'étaient mis à me mordre salement sans la moindre pitié. Je me souviens d'un soir particulièrement humide avec la reprise de *Pull Marine* d'une meuf qui s'appelle Mathilda. Toutes ces chansons qui prenaient un relief différent vu que t'étais plus là pour les érailler avec ta voix. J'avais le sentiment qu'il manquait un truc. Un genre de bruit de fond, un ronronnement subtil, rassurant, qui avait toujours été là, et dont tu te rends jamais compte qu'à sa disparition.

De l'autre côté, l'ivresse que m'avait offerte Maurice anesthésiait doucement la peine.

J'abandonnais ton putain de père poids mort, ce boulet tout juste bon à se laisser couler.

Hello, goodbye.
Hello, goodbye.

La vie, c'est aussi simple et cruel que ça. À peine une virgule entre les deux, comme une petite lampée de temps.

Je suis allé m'enterrer dans mon lit.

Je voulais pas savoir.

Et je voulais pas que Maurice me voie comme ça.

Deux épaves ensemble, ça irait jamais loin.

Je me doutais pas que ce serait aussi hardcore d'évoluer dans un monde dépeuplé de toi.

Ce monde où j'avais appris à fraterniser avec l'ennemi.

Un ennemi qui bave, qui bave…

Ton vieux, qu'est-ce qu'il parle…

Tu m'avais toujours dit qu'il en lâchait pas une quand tu vivais avec, mais bordel, qu'est-ce qu'il cause… Ça doit être de famille. Faut dire que le whisky l'aidait pas mal. Ça doit créer des connexions spéciales, abolir certaines barrières. Quand ses paupières se fermaient à moitié, on pouvait voir les glaçons flotter dans son crâne creux comme un caveau. Je me demandais quel bruit ça ferait s'il secouait sa caboche abîmée.

Ça m'aurait fait rire si j'avais pas été si défoncé dans mon cœur.

Un soir, il était encore là avec sa bouteille et ses regrets, avec le bruit de la télé comme une berceuse, et le seul truc que je pouvais vaguement ressentir, c'était de la peine pour lui, de la peine pour moi, percevoir combien on avait l'air de deux cons, de deux marionnettes usées par la vie qui s'en allait à cet instant précis.

— Mon petit Loup…

— C'est un peu tard pour les surnoms, Maurice… Il aurait peut-être fallu être comme ça plus tôt.

Je pouvais pas m'en empêcher.

Mais en vrai, c'était aussi à moi que je m'adressais.

Je repensais à toutes les fois où je t'avais maltraité, parlé comme à un chien ; les fois où ça avait failli mal tourner.

— Pourquoi tu me laisses rester ici ?

Pour continuer ce que Loup avait commencé. Parce que

ça me connectait un peu à lui. Je l'ai pensé sans le dire. À la place, je lui ai lâché :

— Pour lui.

— Ouais… Il avait toujours des drôles d'idées, ce gosse.

— A, pas avait. Et puis… On doit toujours aider son vieux. C'est un truc inscrit dans la roche quelque part. Bref. Je fais ça pour lui. Par respect.

— T'es pas si mal, tout compte fait…

Je l'ai regardé sans rien dire, mais je pensais très fort. *Mieux vaut tard que jamais.*

*
* *

Y avait un vieux film, à l'ancienne, qui passait. Tu t'étais foutu à pleurer sur une chanson bien « sortez les violons ». C'était plus fort que toi. Submergé tout le temps, par une parole, par un rien. Ébranlé par une inflexion de voix, la direction d'un regard.

Des fois, tu mettais tes films à la con et tu étais complètement absorbé par ce que tu voyais. Que ce soit la colère, la peur, la joie comme la tristesse, elles te contaminaient complètement. T'étais le film. Les personnages. Le décor. Tu devenais ce monde dans le monde. Je crois que si tu kiffais autant ça, ces trucs de l'imaginaire qui avaient l'air de prendre une grande place dans ta vie, c'est parce qu'ils t'avaient été légués par ta mère, ta mère trop vite partie, comme la mienne, même si c'est différent.

— Tu vois, quand elle dit cette phrase, avec ce regard qui tombe, entre ces silences…

Et tes yeux se gorgeaient de larmes comme une eau qui jaillissait de la terre.

— … c'est puissant… Avec ma mère, on se faisait des soirées cinéma, tous les deux. Rien que tous les deux…

Ta voix devenait un ton plus grave.

Tu continuais :

— Elle s'allongeait à mes côtés et on plongeait ensemble… Ça rachetait toujours mes journées, ça. D'être là à vivre le truc ensemble. À jouer aux éponges. À regarder de côté qui pleurerait le premier. J'aimais voir son visage qui s'animait quand le héros tombait, chutait, mourait aux pieds du méchant pour mieux renaître, voir comment les accents de certaines répliques tiraient sur nos ficelles, provoquant le tomber d'un rideau de larmes… Constater combien les orchestrations musicales nous sciaient toujours et de manière intacte, même après cent visionnages, même en connaissant la fin, même... Y avait rien de plus beau que ces grands moments qu'on partageait dans le silence. On n'était plus nous, on était tous les autres ; on n'était plus nous, mais ensemble. Je crois que c'est là que j'ai compris qu'on était tous des compilations de masques, qu'on passait notre vie à en changer, selon les circonstances, les gens qu'on a en face de soi. Tu vois, tout ça, c'est du faux, mais c'est du vrai.

Et… je me suis perdu dans ce que je te raconte…

Tes larmes roulaient sur ta petite gueule d'ange et j'avais juste envie de les écraser dans ma paume, de les comprimer pour en faire je sais pas quoi, mais quelque chose de tout à fait différent, quelque chose d'infime.

Même dans les vieilles merdes cinématographiques, tu trouvais toujours une scène à sauver, un acteur, une réplique, un plan, une vue.

C'était tout toi : voir la particule de beau au milieu de la daube environnante.

C'est con, mais du coup, quand je regardais un film avec toi, je pensais à ça et c'était toi que je regardais. Je voyais le film dans tes yeux. Comme tu faisais avec ta mère.

Je repensais souvent à cette conversation.

Parce que je voulais que le monde porte encore quelqu'un comme toi.

Quelqu'un qui voit les choses entre les choses.

Quelqu'un qui m'aide à voir tout ce que je manquais.

Et deux fois par semaine, j'emmenais Maurice au cimetière.

C'était devenu notre routine. Notre sortie « père-fils ».

Ici, ça sent l'herbe, les fleurs. Je me cache derrière mes lunettes de soleil : y a trop de lumière. Ça me plombe, ça me tombe dessus comme une pluie dure. Ce beau temps, c'est comme une insulte à ce qui nous arrive, bébé. Je voudrais détruire le monde entier. Dans mes oreilles, y a que de la musique pure. Ça me calme un peu. Je chasse tout ce qui a une voix vaguement humaine. Je regarde la façon dont le vent essaie de coucher l'herbe, de faire danser les fleurs, de chatouiller les branches des arbres. C'est comme une symphonie complète.

Des fois même, tu vas trouver ça dingue, mais j'ai comme l'impression que le monde essaie de me parler, que tu t'es glissé dans tout ce qui chante dans le silence. Qu'après avoir rempli ton rôle jusqu'au bout, tu es finalement passé dans le décor.

Est-ce que tu te tapes des sorties de corps à volonté, dans ton coma ? Des fois, dans le secret de ma pensée, je te parlais, à tout hasard.

Dis, tu me vois ?

Quand je venais ici, je repensais inévitablement à ton vieux délire sur les pétales de roses, la baise fleurie.

Les merisiers s'en donnaient à cœur joie de pleuvoir dans les allées, au cimetière de Pantin, et le vent emportait tout et dispersait leurs pétales au gré de son humeur. Tout allait de concert. Y avait tout dans ces pétales qui virevoltaient dans l'air : tes rires en cascades, la douceur de tes regards, la suavité de ta peau, la couleur de tes espoirs, de ton âme même, ton haleine de fraise, l'onctuosité de tes trous dans lesquels je crevais de me glisser encore… même juste une fois.

Ça devrait être possible, ça, de pouvoir demander le droit de baiser avec toi une dernière fois. C'est vrai : on sait jamais quand c'est la dernière fois. On devrait pouvoir s'y préparer, histoire d'emmagasiner le plus de sensations et de souvenirs possible dans sa boîte noire.

À la place, j'étais en train de me dire qu'il fallait que je laisse tout ça s'envoler.

Il aurait fallu pouvoir ouvrir les mains et offrir ça au ciel, mais moi, je te retenais encore un peu, dans le creux de mes paumes, comme l'oiseau tout cabossé que tu étais.

J'étais pas prêt. Pas prêt non plus à découvrir sur la tombe familiale ton nom, déjà gravé, préparé, date de naissance inscrite, plus que la parenthèse refermée à ajouter.

Nos petites virées avaient un effet sur mon cerveau.

J'avais fait un autre rêve, le soir de notre première sortie.

Dans celui-ci, je passais ma langue sur la tombe, sur les lettres d'or qui décrivaient ton nom en capitales, au nom de notre a… condamné à mort. Je prenais le temps. Y avait un goût crayeux dans ma bouche, des particules de terre, débris minuscules de feuilles séchées, des paillettes d'insectes, mais je m'en foutais.

Je te donnais le tout dernier baiser que tu méritais.

Après ça, je m'étais reculé et j'avais sorti ma queue. Rapidement, j'avais joui sur le marbre qui étincelait. Une flèche tracée vers toi. Cupidon avait qu'à bien se tenir. Je larguais mon a… liquide, un peu grumeleux, sur la pierre. Je déposais cette offrande en hommage à nos a… de bitume. Le concentré de vie gisait maintenant sur la chose la plus inanimée au monde.

On est vraiment tordus, parfois.

Le petit cérémonial du retour à la maison. En quittant le cimetière, ton père et moi on se mettait de la musique, surtout les siennes.

On montait dans la caisse. Je mettais le contact. Le soleil

nous tapait sur le crâne. Quand je regardais sur le siège d'à côté, y avait plus ta silhouette, mais juste ton vieux qui me fixait d'un drôle d'air, ou juste perdu dans les pensées que la musique brassait.

Une fois, par hasard, il a ouvert le pare-soleil et il est tombé sur la photo de toi que j'y gardais coincée.

La seule photo physique dont je disposais. La seule preuve physique que je possédais de ton existence. J'y tenais, du fait de la rareté de la chose. Toutes les images de pixels pouvaient s'effacer, être emportées par un crash de disque dur tant que celle-ci restait dans mes mains.

Mais y avait comme une voix qui me disait que de toute façon, c'était que partie remise, reculer pour mieux sauter, que tôt ou tard, tangible ou pas, ton image s'effacerait. Le genre de pensées qui me foutait les boules. Pour les couvrir, j'enclenchais la musique, je me forçais à en réciter les paroles. Puis, je me rappelais de ton corps chahutant sur son siège au rythme des sons crachés par les enceintes, la façon irrépressible que t'avais de chanter par-dessus la musique, agrémentant le tout de cris, de fausses notes, de lignes supplémentaires superposées à la mélodie principale. Je te dis : injecter le bordel dans tout, tout le temps. C'est con, mais des fois, quand je conduisais seul, j'avais l'impression de voir ta silhouette, quand je regardais sur le côté, mais indirectement. Comme si mes yeux étaient tellement habitués à tes contours qu'ils en avaient gardé l'empreinte. Le fond de mes rétines comme tatoué de ta présence. Peut-être qu'il faut un certain temps avant que le corps désapprenne… Mais j'en avais pas envie. J'aurais voulu que cette image fantôme reste au fond de moi comme dans certaines illusions d'optique où les traits d'une image continuent à vivre même après avoir éloigné son regard du support initial.

Comme l'empreinte du soleil.

Je t'imaginais bien aussi flotter autour de nous, vêtu d'un petit t-shirt blanc ajusté soulignant ton petit corps de rien du tout. Tu avais ce sourire serein, teinté de malice, et tu lançais un truc sans même ouvrir la bouche : *Rayane et Papa ont de l'allure sous le soleil de midi. Ma mission sur cette terre est terminée, et c'est à travers ma mort, ma soudaine absence, ma sortie de scène, qu'ils entrent sur des terres qu'ils n'avaient jamais fait qu'effleurer.*

Je leur ai appris l'amour…

On filait direction la maison pendant que toi, dans ma tête, tu planais, tu fuyais vers ton royaume au temps aboli, tu fonçais droit vers une citadelle taillée sur mesure rien que pour toi, dans la commune du ciel, une cité qui pourrait s'appeler Loup-lès-Limbes ; une cité qui n'avait rien à voir avec celle qu'on a connue, non, c'était une cité sertie de pierreries, de dorures et de cascades de joncailles partout, avec plus aucun mur, rien que de la lumière qui courait partout et où t'étais enfin libre.

Oui, c'est ça. Dans cet espace sans densité, tu faisais ce que tu as toujours fait.

Tu courais. Et je te le disais.

Cours, mon Loup.

Cours, habibi.

J'étais presque plus triste à cette pensée. Ma peine, elle me semblait plus petite à ce moment-là. Peut-être que je commençais à apprivoiser l'idée que tu puisses jamais revenir. Je dis pas ça non plus parce que je sais que t'es sain et sauf, ni parce que je suis plus seul pour marcher, mais parce que j'ai compris un truc fondamental qui change la donne.

D'un coup, je regardais ma grosse montre hublot d'un autre œil, avec un petit sourire intérieur.

En une pensée, j'annulais la mort.

Tu aurais beau courir, aller au-devant de cette promesse que la vie nous a tous faite, sauter dans ce trou creusé dans le temps, un peu avant moi, ça aurait aucune importance, parce qu'il viendra bien un moment où je te rattraperais.

*
* *

J'oublierai jamais ce soir-là.

Pour le pire, et pour le meilleur.

La planification de ton abattage.

Quand je repense à cet épisode, je pense surtout aux gros bâtards que t'avais recrutés spécialement pour l'occasion, pour donner corps à ton fantasme. La mise en scène que t'avais voulue et que j'avais validée. Être pour une fois le réalisateur de ton propre film de cul. Mais surtout, faire comme si toi et moi, on se connaissait pas. Que je sois parmi la meute. Me rétrograder.

L'idée : quatre gars dont moi toqueraient à la porte de la chambre d'hôtel que tu aurais réservée pour te faire démonter. Ça m'excitait et ça me filait l'envie féroce de te cogner. Une armada de rebeus bien montés, des *frères*, sous pression, bien déterminés, rien que pour toi, prêts à te remplir sous mes yeux, avec mon aide.

Je me demandais comment j'avais pu accepter, déjà sur le principe. Une façon d'exorciser, de me réapproprier ce que tu faisais plus ou moins devant les caméras et derrière mon dos ?

Est-ce que c'était simplement à cause de mon vice, du tien, ou de leur addition ? Le cocktail explosif que nos envies formaient, se poussant l'une l'autre à aller toujours un peu plus loin. La vérité, c'était que tu avais le don pour me retourner. Lentement, mais sûrement. Le pouvoir était dans tes petites mains.

Je me rassurais en me disant que ces clochards te baiseraient jamais rien qu'une fois. C'était ce qui me rassurait. C'était même l'essence de ce pacte bizarre. Dans cette optique-là, ça me faisait rien, ou presque. Du moins, c'était ce que je croyais. De toute manière, tu le faisais devant des caméras, alors pourquoi pas devant moi ? Au moins, j'avais une possibilité d'action, une marge de manœuvre.

141

Je maîtrisais.

Quelque part, cette orchestration nous ramenait au temps de la cité. Pour le pire. Mais ça, je le savais pas encore avant de le prendre en pleine face.

Mais comment on peut connaître la valeur d'un truc qui n'a jamais été un tant soit peu molesté, éprouvé ?

On était arrivés avant eux.

Dès que le premier se pointerait, je ferais mine de t'être étranger, celui qui est entré en scène le premier. Ils seraient des acteurs malgré eux du film qu'on allait écrire à deux, rien qu'à deux.

En attendant, je me demandais comment j'en étais rendu là. Envie, pas envie, brûlure, déchirure. Le désir me cramait le cerveau, annihilait mon esprit de conservation, l'exclusivité toute relative que j'avais réclamée il y a longtemps. Ce genre d'extra venait ajouter du piment là où tu sentais que les choses tiédissaient.

Tu courais tellement après le feu originel.

Ils étaient arrivés au compte-goutte, les couilles pleines, déterminés à tout cracher. Tu aimais leur gueule pas commode, leurs manières rudes, leurs mots rugueux, l'empreinte de la téci. Sans doute que tu rêvais toujours d'injecter ta douceur et de les contaminer avec, persuadé comme t'étais que les mecs ont le cœur au bord des couilles, perdu dans tes rêves où tes lèvres sont bordées de nouilles, colonisées par de gros vers de vases qui vomissent leur glu et te donnent la becquée.

Tout s'est enchaîné si vite.

— Wesh, t'en attends encore, petite salope, ou on est complets, là ?

— C'est bon, on est *full*[20], t'as assuré à un des mecs.

Puis tu t'es mis à prendre les choses en main, les chibres

_____

[20] Complets.

entre tes doigts joueurs qu'en finissaient jamais de tâter, de se resserrer, de courir partout sur leurs paquets que t'avais plus qu'à déballer.

Je me laissais aller, tentant de me retenir de leur foutre sur la gueule quand leurs mains ont commencé à glisser sur toi. C'était d'une violence inouïe.

Violence. C'est le mot parfait.

Très vite, t'as été à poil pendant qu'on était tous là, la main sur nos queues encore enrobées. Plus la température montait, moins j'étais sûr de ce que je faisais. À quatre pattes sur le plumard, tu adoptais une des poses bien étudiées que tu prenais sans te faire commander, de manière automatique.

On était là, dispersés autour de cet autel de plumes alors que tu t'apprêtais à nous en tailler une.

Je me retrouvais comme un con à devoir attendre mon tour, à devoir te regarder te faire piller une fois de plus, mais en vrai, sans l'intermédiaire qui sauvait ma pauvre face, sans l'écran qui nous protégeait, moi et mon honneur.

Quand un des mecs a commencé à te saisir le cul pour te mettre, j'ai plus vu clair.

Toutes leurs phrases me lacéraient le cœur.

-- Vas-y, frère, laisse-moi m'introduire en premier, là…

-- Azy, à toi l'honneur. Prépare le terrain mais oublie pas de faire tourner.

-- T'inquiète, y a de la place…

-- Ton mec, il te laisse faire ça ? Faut que tu nous files son 06, qu'on lui dise merci, a souri l'un d'eux que j'eus envie d'atomiser.

Leurs voix se mélangeaient, leurs pensées salaces éclaboussaient les murs. Elles s'agrégeaient pour donner corps à ce désir monstrueux qui allait te dévorer, faire de ton corps de la charpie, une boucherie. Une vivisection en direct. Avec cet aval que je crevais de retirer.

Je voyais plus que tes boyaux transpercés, ton corps mal

habité.

Je tenais plus. C'est pour ça que je suis sorti de moi.

-- C'est fini, là ! Dégagez, putain !

J'ai repoussé celui qui s'apprêtait à t'embrocher. Y a eu comme un blanc puis très vite, le ton est monté.

-- Rhabille-toi, toi ! je t'avais gueulé.

Tu m'as offert tes grands yeux qui me demandaient ce que t'avais bien pu faire de mal alors que t'avais encore une queue dans la main.

-- Wesh, il t'arrive quoi, à toi ?

-- Remballez votre matos et dégagez ! j'ai craché.

-- C'est quoi le délire ? Tu le connais ? t'a demandé un d'eux.

-- Moi je suis venu pour le baiser. Je le baiserai. Alors ferme ta gueule. Laisse-nous kiffer.

-- C'est ton keum ? s'est étonné un autre.

-- Le mec, il offre sa pute, après il change d'avis…

Tout s'est passé si vite dans ma tête. Je sais juste que le premier coup qui est parti venait de moi. Tu t'es mis à hurler en t'agitant autour de nous alors qu'ils étaient à trois sur moi. Je sais pas comment j'ai fait ni si l'adrénaline, la hantise de te voir te faire souiller m'avaient donné des ailes, mais deux minutes plus tard, ces bâtards, je les avais jetés dans le couloir en refermant la porte sur nous. Je sentais même pas les gnons que j'avais reçus dans la gueule. Ma colère me portait.

Toi, la peur t'avait pris tout entier. Tu t'es approché de moi alors qu'ils foutaient des coups dans la porte et hurlaient comme des veaux dans le couloir.

-- Bibi… Qu'est-ce qui se passe ?

-- Je peux pas. On se casse, maintenant !

-- Ils vont défoncer la porte…

Au bout d'un moment, on a entendu le personnel de l'hôtel menacer d'appeler la police.

-- Habille-toi… Magne !

Tu t'es exécuté. Quand t'as été prêt, tu m'as demandé :

-- Comment on sort, maintenant ?

J'ai ouvert la fenêtre. Par chance, on était au premier étage. J'ai sauté le premier, en me viandant légèrement à l'arrivée. J'ai levé les bras vers toi qui te tenais à la rambarde de la fenêtre.

— Saute ! Je te rattrape ! Magne !

T'as hésité. Je me souviens de ton regard, et de ce petit sourire que t'avais eu en me voyant si déterminé à t'enlever, mes bras tendus vers toi, juste avant de sauter.

T'as atterri sur moi. Résultat : on s'est retrouvés tous les deux sur le bitume du parking.

Je t'ai relevé en speed, attrapé le bras pour te faire courir vers la caisse. Là-dessus, on a fui comme des voleurs au moment où une voiture de flics se garait devant l'hôtel.

Mon cœur tambourinait et je supposais que le tien aussi, mais tu pouvais pas t'empêcher de sourire, bordel... Un sourire nerveux ? les endorphines ? ou la conscience toute pétillante d'avoir échappé à un danger auquel t'avais voulu te soumettre juste avant ?

J'aurais voulu te le poncer, ton sourire.

Une vingtaine de minutes plus tard, on se garait enfin sur une aire d'autoroute.

J'ai allumé un joint en tirant un max dessus d'un coup, un peu comme les accélérations que je me tapais en caisse quand on avait des discussions qui vrillaient.

Alors que le silence habitait la voiture, tu m'as servi cette phrase exprès.

— Tu fais tourner ?

Je t'aurais tué. T'as pas pu contenir ton rire. Je t'ai fumé du regard avant d'attraper ta petite gueule entre mes deux mains, menaçant de l'écraser, ce qui t'a pas empêché de continuer à te marrer.

— Si tu tiens à ta gueule, je te conseille de t'arrêter.

— Ah ouais ?

Tu m'avais lancé ça, comme un défi, par a… de la correction, puis t'avais continué :

— Mon bébé…

— Y a pas de *mon bébé*… Ça m'a dégoûté… Me regarde même plus. Plus jamais, tu m'entends ? Plus jamais !

T'as fini par t'écrouler contre moi, te blottir en plaçant tes bras autour de mon torse, le visage étouffé contre mon sweat.

— Me touche pas… Je peux pas, là...

— J'adore quand tu me fais ce genre de plan.

— Quel plan ?

— Quand tu veux me garder juste pour toi. C'est là que j'entends que tu m'aimes. Ça m'excite aussi… Tu viens, on va baiser… tous les deux ?

Ta tête est remontée au niveau de la mienne. Ta langue a pointé d'entre tes lèvres pour passer sur ma bouche, essayant de s'infiltrer en mode snake.

Je te regardais sans bouger, je te laissais faire, imperturbable, et je me demandais si, au fond, tu faisais pas tout ça, donner ton cul, l'offrir au monde entier, juste pour le plaisir de pouvoir revenir dans ce périmètre de sécurité que t'offraient mes bras, cet endroit où tu savais qu'il t'arriverait jamais rien que tu veuilles pas.

En moi-même, avec ton petit corps contre le mien, je me chantais une chanson capable d'apaiser mes doutes.

T'es à moi.

On était rentrés et on avait baisé, comme pour se laver de tout ça.

Je l'avais fait pour te réimprimer ma marque.

Je me branchais dans ton port avec ma bite-trident. Je m'arrimais à ton corps, je te laminais, te mélangeais ; je sautais de la dureté à la douceur. Toujours le même rituel. *Je te prends, tu me possèdes.* Tel est pris qui croyait prendre. C'est du pareil au même.

Je m'en rends compte, maintenant.

À la fin, je t'avais assené le coup de grâce, celui qui allait te faire exploser de l'intérieur. J'ai déclenché ton bouton d'autodestruction. Je te revois à te tortiller, ton corps ajouté du mien, ajouré, à la recherche de ta propre fin, comme un serpent qui chercherait à se faire bouffer de l'intérieur par un autre serpent… Un ouroboros[21]. Tu sais, comme celui tatoué sur l'épaule de ce gros daron tchèque avec qui t'as tourné deux scènes dans ce film au titre foireux.

Dans ce que la vie fait de plus étincelant, de plus au bord, tu furetais vers le plus sombre.

Je m'enlèverai jamais de la tête que c'était ce que tu cherchais à faire dans la baise : disparaître. T'atomiser sous les coups d'une overdose de sensations. Ton implosion a été magistrale, ton excitation à la hauteur du nombre de virilités que tu t'étais apprêté à recevoir. T'as giclé partout sur toi, sous moi.

Pourquoi je me rends compte de tout ça que maintenant ?

Tu kiffes ça, mon cœur ?

J'ai les mots que je t'ai jamais assez dit qui me hantent, ceux que je disais pas assez, ou dans la confusion mentale qu'on doit à la baise, au plaisir qui monte.

Pendant des mois, je me suis rattrapé en rêve, dans cette espèce d'entre-deux bâtard où le réel devient mou, où s'effacent toutes les limites existantes, physiques ou mentales.

Les rêves…

C'est le pays pas recensé où t'avais toujours vécu. Maintenant, je te comprends mieux que jamais.

Parce que pendant que je t'imaginais dans mon sommeil, t'avais encore toute cette vie qui courait en toi, tout ce temps devant…

Les frontières pour toi, c'était le domaine de la raison.

Une insulte en somme.

Aujourd'hui, t'es debout.

Maintenant, notre vie, on la taillera directement sur le patron de nos rêves.

---

[21] Représentation d'un serpent ou d'un dragon qui se mord la queue que l'on retrouve dans de multiples cultures.

*

* *

Comment on avait pu en arriver là ? Par quels glissements vicieux ? Par quelles techniques de Sioux, par quels tours de serpents ?

Y avait ce truc fabuleux qu'il fallait que tu vives. Coïter à ciel ouvert. Passer à travers l'écran. Te faire crucifier par d'autres.

J'avais l'impression d'être devenu ton mac, à te voir te faire piner, à assister au truc. Dans toutes tes vidéos, tu avais le rôle du petit bonhomme plastique, usé, abusé, tourné, retourné dans toutes les positions. L'image était belle, couverte d'un glaçage technique, un de ces filtres magiques ; les couleurs saturées te rendaient plus préhensible, plus magnétique que jamais.

C'est vrai : t'avais jamais été aussi beau.

On pouvait croire qu'à tout moment, on allait pouvoir te toucher tant tu semblais prêt à traverser l'écran du retour caméra. Moi, c'est l'écran que je regardais plutôt que le vrai toi ; ça rendait le truc moins réel. Je me disais que t'étais là pour créer de l'image, du fantasme, répondre à une demande marchande, que c'était un biz comme un autre, qui avait pour toi au moins le mérite de joindre l'utile et l'agréable, ta passion première, ton épineuse névrose, ta faim sans bornes de cul.

Tu m'as appris, obligé à abroger les limites. Celles que je m'étais toujours fixées. Celles que je croyais même pas avoir à la base. Y a que toi qui as jamais eu ce pouvoir sur moi. J'ai toujours dit que l'a…, ou en tout cas, les démonstrations d'a…, étaient la porte ouverte à tous les déshonneurs en série possibles. Dès l'instant où tu as su que je t'a…, tu as fait de moi ce que tu as voulu. Et j'ai eu beau m'en défendre, te rejeter parfois, souvent même, rien n'y a fait : j'étais dans la même merde, toujours alourdi par ce que je ressentais, ce que je ressens pour toi.

C'est con, mais c'était aussi bien un poids qu'un ancrage. Plus je t'ai rejeté, plus tu t'es accroché. J'ai kiffé ça. Que tu testes sans arrêt ma patience, ma résistance, que tu cherches sans cesse à passer sous la cuirasse, jusqu'à te glisser sous mon cuir que je croyais pourtant aussi solide qu'impénétrable. Je me suis taillé un corps, des heures à en soulever de la fonte, juste pour qu'on voie que l'enveloppe et qu'on pose pas de questions. Des volumes, des renflements au-dessus du palpitant, des pectoraux comme des cache-cœurs, des murailles de chair dressée, un corps gonflé, doublé comme d'un costume pare-balles, d'un revêtement en Kevlar.

J'étais un temple vide avant de te rencontrer. Un temple où personne était jamais entré. La baise, c'était mon taf pendant un temps, mais j'aurais jamais cru que le corps pouvait être la porte dérobée du cœur. Mais toi, t'en as trouvé l'accès. T'avais la putain de clef. Des petites mines et des manies comme des sortilèges.

Je cesserai jamais de le dire ni de me le rappeler.

T'étais un putain de serpent, et un agneau que j'avais envie de protéger de tout le sale du monde.

Qu'est-ce que j'en savais de l'a… avant que tu t'invites dans ma life ?

Mais cette fois-là, j'avais vécu la division intime.

Le coup de grâce.

La fameuse soirée où tout avait basculé.

Je pénètre dans le club.

Je devrais écrire au passé, mais le souvenir est tellement vif dans ma mémoire, toujours ressuscité, que je le revis à chaque fois. J'ai tout : les sons, les couleurs, les odeurs, la disposition, la chronologie. C'est fou comme ce qui nous fait le plus mal s'imprime avec facilité en nous. Tu m'avais envoyé un texto en me donnant finalement le lieu de la soirée de lancement de ton film, une petite soirée confidentielle organisée par ton studio dans un bar gay qui faisait aussi *cruising*[22] à partir d'une certaine heure.

Je crois que j'aurais pu m'accommoder de tout ce truc, ton « métier », si y avait pas eu ces à-côtés tout glissants. Ta soirée de lancement a aussi été la soirée où ce *nous* s'est atomisé.

Je te rejoins, malgré ta volonté de me garder à l'écart, et la difficulté que j'ai eue à te faire lâcher l'adresse.

Je comprends en arrivant sur les lieux.

En me voyant, tu souris, mais qu'à moitié. Un sourire mou, à la Dali. J'arrive vers toi, en slalomant entre les mecs tétons et culs à l'air dans ce sous-sol chaud comme un terrarium où les lumières roses et pourpres tentent de donner un côté sucré à ce qui est juste dégueulasse.

Un temple entièrement dédié à la sève et la sueur.

— Oh, mon Bibi d'amour…

Tu coules sur moi en tentant de m'embrasser.

— Pas en public, je t'ai dit…

— Ici, ça choquera personne, tu sais…

— J'aime pas quand même.

— Pardon...

— T'as les yeux bizarres. T'as pris un truc ?

— Non, rien...

Tu mens mal. Tu rectifies de toi-même sans que je te demande, rien qu'en voyant mon regard :

— Juste un peu de GHB pour me donner du courage.

— C'est quoi, ça ?

— Mais c'est rien, c'est pour se mettre bien.

— T'as besoin de te shooter pour supporter ce que tu t'apprêtes à faire ? Change de taf ! Vas-y, tu sais quoi, tu rentres à la maison. T'as l'air tout chelou, là !

— Je peux pas. J'ai un show.

— Un show ? Quoi, un show ? Tu montres ton cul cinq

---

[22] Désigne la quête d'un ou de plusieurs partenaires occasionnels et anonymes pouvant se faire dans des lieux privés ou publics.

minutes et tu rentres ! Je t'attends. Je bouge pas.

— Non mais je peux pas, ça dure vachement plus longtemps. On a un live. En plus, Sergueï vient d'arriver...

— Encore lui ?

Le Tchèque bien membré avec qui t'avais déjà tourné. Je me tenais volontairement plus ou moins mal informé de ton actualité pour pas péter des câbles trop souvent.

— Ça veut dire quoi, un live ?

— Bah, on va faire une performance…

D'un coup, je comprends.

— Non, mais t'es sérieux, toi ?! Ça veut dire là, tu vas te faire baiser devant tout le club ?

— Oui.

— Non mais t'oublies. Avec qui d'abord ?

— Bah, Sergueï !

— Cette espèce de gros tas de viande sous stéroïdes, là ?

— C'est bon, c'est avec lui que j'ai tourné la plupart de mes scènes. Ça change quoi ?

— Ça change que c'est pas dans le cadre.

— Pas dans le cadre ? Mais t'es au courant que moi, là, ce soir, je bosse ? On m'a payé pour ça, je peux juste...

— Pffff ! Tu bosses, ouais… Depuis quand tu sais ça ?

— Bah…

— Non mais en fait, je m'en fous, tu fais pas ça !

— Non mais c'est dans mes obligations contractuelles ! J'ai signé !

— T'as signé ?!

— C'est juste une performance live. Pourquoi tu t'énerves pour rien comme ça ? C'est pareil que si on était en studio.

— Pour rien ?! Tu crois que je prends pas déjà assez sur moi avec tes vidéos pour faire gicler tous les branleurs d'Internet ?! C'est quoi, ça ?! Bientôt, t'iras faire du porte-à-porte et tapiner ?

— C'est juste pour créer l'événement…

— Ouais, bah il va y en avoir un autre d'événement…

On rentre.

— Quoi ?

— On rentre à la maison !

— Non mais… je peux pas ! On compte sur moi.

— Il doit y avoir au moins une centaine d'autres trous dispos pour ton malabar. Ça devrait le faire.

— Non mais c'est moi qu'on veut voir !

— Ah, c'est ça en fait… Monsieur aime être la petite star au centre de l'attention. Tu kiffes, hein ? Tu surkiffes même. Tu vas aller jusqu'où comme ça ? T'as cru que c'était O.K. pour moi ? Est-ce que tu m'as seulement demandé ? Tu savais que je validerais pas, c'est pour ça que tu m'as rien dit ! C'est assez, là, je supporte assez.

— Je vois pas la différence avec les tournages. C'est exactement la même chose…

— Écoute, si tu le fais, c'est mort. Ça s'arrête là. Moi, je peux plus. Ça va trop loin.

— Tu me fais du chantage ?

— Ouais. Alors, tu décides quoi ?

— Mais… Tu me fous dans la merde, là !

— C'est moi qui te fous dans la merde ? Regarde autour de toi… Vas-y, tu sais quoi, fais-toi bien péter la rondelle devant tous ces cons ! Moi, c'est fini ! Je te prépare tes affaires, et toi et ton vieux, vous dégagez ! T'avais pas compris déjà, la dernière fois ?

— Tu vas pas faire ça… ?

— T'es sûr ?

La musique tente de couvrir mes cris, mais je sais que mes mots se sont bien gravés en toi. Ce bordel autour de nous rend la scène encore plus désagréable qu'elle est. Comme si le monde se foutait de ce qui est en train de nous arriver. Comme si la fête supplantait ce *nous* qu'on a cru construire.

— Je peux pas, bébé… Je peux pas partir. Je… Je fais ça et je rentre après, promis. Après, c'est fini. Je ferai plus. Si tu veux, j'arrête. Mais là…

— Non. Tu choisis maintenant ou c'est mort.

— Me fais pas ça…

Je sens ton esprit se briser comme du verre en cristal, ceux que t'as sifflés avant que j'arrive.

— C'est pas moi qui fais, c'est toi. C'est toi qui décides, je dis pour te renvoyer à ta responsabilité.

T'as eu des larmes dans les yeux et tu commences à t'éloigner en me disant.

— Une dernière fois… C'est la dernière, Bibi, promis. Tout à l'heure, je rentre à la maison et on oublie tout ça. D'accord ?

Je serre les dents sans te répondre. Pour moi, tu viens de prendre ta décision. J'ai plus rien à dire ni plus rien à faire là.

Je fais demi-tour pour me diriger vers la sortie.

— Rayane !

Tu cries en restant planté sur place, sans chercher à me retenir, à revenir sur ce que tu venais de statuer.

Ta façon de m'échapper continuellement. C'était ça qui me retenait près de toi.

Mais cette fois-ci, c'est la fois de trop.

Planqué dans un coin de la boîte, je peux pas me résoudre à partir tout de suite. De là où je suis, je peux te voir enchaîner les verres, t'enfiler des trucs dans les naseaux, sourire, rire à ceux qui te parlent et en profitent pour te palper un peu au passage. J'essaie de me répéter : *t'as plus besoin de t'énerver, ce corps, il est plus lié au tien. Il t'appartient plus. Il t'a même jamais appartenu.*

Quelques minutes plus tard, un gars avec un micro annonce le début du show. Toi et ta barrique, vous prenez place sur l'estrade. Ton petit cul bien moulé dans son jock s'offre à la lumière. Tu proposes ton trou, en prenant soin de glisser du lubrifiant devant la foule qui gueule déjà à ta mise à mort. Le membre de ton baiseur se gonfle, comme sensible aux encouragements de l'assemblée. Sur un écran, la scène est dupliquée. Ton regard s'embrume. Je me demande même où t'es passé, au bord de la convulsion.

Très vite, il t'emmanche. Première salve de liesse générale.

Tu t'extasies. La caméra alterne les plans entre la jointure de vos corps et ta tête. Il s'immisce au plus profond de toi. Tes yeux roulent vers l'arrière. L'exagération, la feinte bien filmogénique. D'ailleurs, plusieurs téléphones portables sont rivés sur vous, juste devant l'estrade, l'autel de ton enculade.

Je revois la scène de l'hôtel. Le bruit environnant renforce l'impudeur du truc. La chaleur suffocante me prend à la gorge, infusion des corps en sueur, de la promiscuité dans cette grotte à la lumière pourpre et nauséeuse.

Au bout d'un moment, sous les cris de la foule qui hurle qu'à ton embrochement continu, tu pars complètement. Un effet que tu dois à ta merde, à cette queue monstrueuse qui te lamine, une bite de cartoon, à leurs regards tous posés sur toi, sur vous qui formez plus qu'un dans un spectacle immonde.

De la chair. De la chair partout. Trop de chair.

L'estrade devient un étal. Vos corps des morceaux de viande émus. De la viande tendre et offerte d'un côté, de la viande nerveuse et tendue de l'autre. La crudité totale. Sale. Ça me fout la gerbe, mais je peux pas m'empêcher de te regarder te faire sacrifier. Saillir. Salir. D'un coup, la réalité de ce que tu fais me saute à la gueule. Ça me ferait bander si ça me déchirait pas autant le cœur.

Mais non, mon sang refuse de faire le chemin jusque-là et reste bloqué au niveau de mon palpitant qui menace de sortir de ma poitrine. Je comprends enfin dans mes tripes le sens du mot *écœuré*. Une compréhension intime, presque religieuse, pendant que vous, vous continuez à vous connaître bibliquement devant le monde entier sous des projecteurs criards.

Je voudrais tous les tuer, ceux qui se réjouissent et se repaissent du spectacle ; ce sont eux, les vrais artisans de ma déconfiture, de ma perte, de mon a… crucifié. Ils te baisent tous autant qu'ils sont, tous autant que lui. Mon a..., tu te transformes en place publique. Un garçon facile. Un pantin de rien. Tout le monde te foule, te crache dessus et t'en redemandes parce que c'est ta nature.

Ça m'a rappelé ton histoire de gosse. Marin te regardait. Et ce soir-là dans ce club, y avait une armée de Marin.

Je me le suis pris comme une claque en pleine gueule : *j'a… une salope.*

Et ce soir-là, ce truc ne m'allait plus.

T'avais mis mon cœur à rude épreuve, ma patience aussi. Mes turbines mentales en faisaient, des tours.

Être plus bas que terre, c'était ta façon tordue d'exister.

Dis-moi, pendant que t'étais endormi, à niveau avec la ligne d'horizon, alors que les racines des pissenlits menaçaient de sucer ta vie, alors que les vers réclamaient de te baiser eux aussi, chacun son tour, que tu filais pour de bon entre mes doigts, est-ce que tu te sentais le plus heureux des garçons ?

J'ai su intimement que mon a… pour toi était décédé quand il a été sacrifié devant la foule.

Étouffé dans l'œuf avant d'avoir pu s'exprimer pleinement.

Avorté.

J'ai dégagé. Impossible de voir le final. Je suis rentré en me faisant flasher sur la route.

Quand je suis entré en trombe, Maurice se tenait debout dans le salon :

-– Hé, fiston, tu veux pas me remettre le film qu'est passé hier sur la 22 ? Je le trouve pas sur le Replay…

-– Rien à foutre, de vos conneries !

Je me suis enfermé dans notre piaule et j'ai plus bougé.

Le lendemain matin, sans avoir pu dormir plus de deux heures, j'étais redescendu un peu. Mais je me doutais pas que la descente serait plus longue que ce que je croyais. J'ai reçu un coup de téléphone d'un mec qui m'appelait avec ton téléphone.

Je t'épargne l'enchaînement : urgences, hôpital, médecins, mélange alcool, GHB, 3mmc[23], coma. Une équation simple. Logique. Un bon cocktail pour se retrouver propulsé dans l'ailleurs.

On m'expliquait les mécanismes, les réactions physiologiques.

Pendant un moment, j'ai déconnecté.

Le reste, ce qui a suivi, les retombées de cette soirée, je te l'ai écrit, décrit en long, en large, en travers.

Après, j'ai plus été le même.

*

*   *

Et tu t'es réveillé.

On m'a appelé pour me le dire.

J'ai fait répéter la meuf au téléphone. J'ai regardé le réveil. C'était un réflexe pour savoir si je dormais ou pas. Mes rêves m'avaient déjà fait le coup, en me propulsant du bonheur sans nom à la descente abyssale plusieurs fois.

En général, quand c'était qu'un rêve, impossible de lire l'heure : les chiffres ne correspondent à rien, et le réveil se mettait à fondre sur la table de chevet. Mais là, tout semblait conforme : les chiffres cohérents, le réveil solide, l'heure vraisemblable.

— Pardon ? Il est réveillé, vous avez dit ça ? Vous êtes sûre ?

J'y croyais pas.

Je me suis préparé en speed, me grouillant pour arriver

_____

[23] La 3-méthylméthcathinone, également connue sous le nom de métaphédrone, 3-MMC, 3 M ou encore, simplement, « la 3 », est un nouveau produit de synthèse et qui a peu ou prou des effets euphoriques et empathiques.

le plus vite possible à l'hôpital avant qu'on me dise que finalement, t'étais retombé dans le sommeil qui te gardait prisonnier depuis des mois.

Je t'épargne le mélo, le cœur qui s'emballe comme le tambour d'une ville qui recouvre sa liberté et bat à tout-va pour fêter ça.

Le reste, tu le connais. Je crois que ce jour-là, ma face au-dessus de la tienne a parlé pour moi.

Ce dont je voudrais parler, c'est de cette journée, peu de temps après que tu as retrouvé la maison.

Notre première nuit dans notre chez-nous, mais surtout, notre premier réveil dans ce qui était censé être notre boîte à bonheur depuis ça.

Depuis ton retour, t'étais en proie à une crise de sainteté : tu te réservais pour moi et t'avais même pris la décision d'arrêter le porno. Je sentais que tu devais ça à ta phase « lune de miel ». J'y croyais pas tellement. Je savais que t'étais aveuglé par le bonheur dans lequel on baignait sur le moment, le bonheur de te savoir en vie qui, au fil du temps, finirait par s'estomper et devenir une chose banale.

Ce matin-là, la musique que t'avais lancée diffusait dans l'espace le cri de ton cœur.

Le titre : *I QUIT FUCKING AROUND*[24]

Tu chantais par-dessus la musique. Ironie du sort ou pur hasard ? Je me souviens encore de ta voix surimprimée à celle de la chanteuse. Tes aveux lyriques. *But I'm a liar / I'll run back the same / But I'm a liar / Lost the controls to my own game.*[25] Tu t'expulsais de toi de toutes tes forces. J'avais fini par croire que tu le faisais exprès pour me réveiller. Mais non. T'étais comme ça. À jamais penser à ce qu'il y avait autour, à vivre ta vie en électron fou avec toi comme seul centre.

---

[24] I QUIT FUCKING AROUND, Francis of Delirium.

[25] Mais je suis un menteur / Je reviendrai pareil / Mais je suis un menteur / J'ai perdu le contrôle de mon propre jeu.

On s'était couchés à pas d'heure la veille, incapables de dormir tant on avait eu à se dire, tant on voulait profiter de chaque seconde. Mais peu importe l'heure où tes yeux se fermaient, t'étais toujours debout au même moment. La vie se rappelait à ton bon souvenir, se mettait à courir dans ton corps avec une régularité folle.

J'étais parvenu à me lever, à affronter la lumière, et je t'avais trouvé dans la cuisine. Tu mixais des fruits, faisais apparaître un tourbillon rose puis rouge, une tornade vitaminée gagnant en intensité au fur et à mesure que les morceaux étaient mis en charpie. T'y trouvais un certain plaisir, à cette destruction rouge vif. Tout semblait simple, comme dans un de ces films romantiques où tout coule et suit le même fil, cliché du petit couple uni dans son appartement-témoin où la déco est la même que chez le couple voisin.

Seule la disposition changeait.

Des trucs qui me faisaient dire que nos a… étaient peut-être finalement pas si différentes.

Un moment plus tard, t'es arrivé dans le jardin, tes lunettes de soleil sur le nez à peine levé pour affronter le monde trop lumineux pour toi à cette heure. T'es passé derrière moi en posant tes deux mains sur mes épaules et m'as lancé d'une voix brisée :

— Bien dormi, Bibi ?

Je me serais damné pour réentendre ça, et j'avais même pas eu besoin de le faire. Pendant des mois, je m'étais taillé un petit enfer privé avec un codétenu du tonnerre.

Et ce matin-là, je me rendais juste à ce que la vie m'offrait.

Le goût beurré des brioches, le sucre perlé sur la surface que tu ramassais avec une pression du doigt pour mieux le porter à ta bouche, anarchiquement, dans des mouvements désordonnés. Je revois tout comme au ralenti. Pris dans le flou artistique du petit matin, un petit matin radieux, t'émergeais difficilement. C'est dans ces moments-là que j'en profitais pour t'observer, histoire de plus rien manquer. Le crépitement du pain qui croustille. La musique des couverts sur la table. Le bruit de la découpe. De l'écorce du fruit qu'on arrache. Y a des détails qui me reviennent, comme ça. Des trucs tout cons qui me ramènent à ce moment de grâce. Quand je t'entendais avant de te voir, au réveil. Les bruits me parvenant de la cuisine. Tes pieds claquant sur le sol. Des choses simples. Presque minérales. Qui semblent découler de la pureté même.

Dans notre baraque toute pimpante qu'on avait pu terminer de décorer, on a fini par inviter ton daron à vivre avec nous, ou plutôt à valider le fait qu'il reste. Suite logique. Le pire, c'était que c'était moi qui en avais eu l'idée. Je savais que t'oserais jamais me le demander toi-même, alors je t'ai facilité la manœuvre. Ta détresse sourde me faisait pitié. Et je t'avais toujours dit qu'on devait honorer son père, quand bien même celui-ci était un sombre connard.

Mais malgré tout, Maurice avait fait des efforts et semblait avoir mis de l'eau dans son vin. Ta vie suspendue l'avait autant ébranlé que moi, même s'il le montrait pas.

Je suis arrivé et je t'ai saisi par-derrière en déposant un baiser sur ta nuque. Un petit bonheur simple qui m'avait semblé inatteignable il y a encore peu de temps. J'ai surpris le regard de ton père qui se trouvait sur nous au loin, debout sous le parasol. D'abord gêné, il a baissé les yeux, fait mine de chercher son briquet sur la table, allumé sa clope avant de reposer son regard sur nous et de nous faire un salut amiral, la main sur le front avant de s'élever, pour montrer qu'il nous avait vus. Que tout allait.

— Ça va, les gamins ?

Je lui ai répondu d'un signe de la main tout en gardant l'autre sur ta hanche.

Puis il s'est allongé dans le transat pour se la jouer dragon, expirant sa fumée tranquillement,

— Ah, ces putains de ricains ! il s'écria en lisant le journal. Faut toujours qu'ils se prennent pour les rois du monde et larguent des bombes partout. Bande de rats !

Toi et moi, on a échangé un regard qui avait l'air de dire : *il changera jamais.*

Mais je kiffais que certaines choses changent jamais, qu'elles s'ajoutent juste d'une nuance, d'une couche supplémentaire.

L'a..., c'était ce travail de longue haleine. Un putain de gros œuvre. Une construction lente. Ce truc qui disait jamais forcément son nom d'emblée, mais qui empruntait sans cesse des chemins détournés. Une élaboration minutieuse où chaque pierre que l'on pose compte.

Je comprenais désormais un truc : l'a... qu'on pouvait avoir pour quelqu'un se mesurait à notre faculté au pardon. À la propension qu'on avait à en user. Et bordel, de ce côté, ce que tu m'avais usé…

Quand treize heures ont sonné, on a commencé à préparer le barbecue, Maurice et moi. Dans ton transat, tu nous regardais, attendri, halluciné par cette scène dont tu aurais même pas pu rêver.

— Papa, tu peux cuire d'abord les légumes pour pas mélanger avec la viande ?

— Pourquoi ?

— Rayane ne mange pas de porc.

— Je vais pas changer le menu juste pour lui ! Quand on est invité, on prend ce qu'il y a…

T'as ri :

— Le menu… C'est un grand mot pour un barbecue… Puis, t'es quand même chez nous, là. En théorie, l'invité, c'est toi.

— Ah ouais ? Et c'est qui, le cuistot ? Et je croyais qu'il pratiquait pas ?

— Non, c'est juste une habitude qu'il a gardée de quand il était gamin. Il aime pas ça, c'est tout.

— Il mangera des poivrons. C'est bon, les poivrons ? Ou il faut qu'ils aient été découpés en direction de la Mecque ?

Les pseudos piques de ton père me touchaient plus, parce que je voyais dans son regard que c'était qu'une comédie qu'il te jouait. Parce que je savais tout ce qu'on avait échangé pendant des mois. D'ailleurs, je disais rien, et je me contentais de te sourire.

À un moment, Maurice a lâché d'un air soulagé :

— L'avantage, au moins, c'est que tu porteras pas le voile et que vous me ferez pas des petits mulâtres. C'est déjà ça.

— Papa…

— Tiens, tu veux pas t'occuper du barbecue ? Faut que j'aille me recharger, glissa ton père en tapotant du doigt sur son verre vide et en me fichant la pince entre les mains.

— Toujours pas d'alcool, hein ?

Je déclinai de la tête.

— Non, merci.

— Toujours pas d'alcool… soupira Maurice en quittant le jardin.

T'as glissé vers moi en me soufflant :

— Il te confie le feu sacré... C'est énorme.

— Ouais.

— C'est nouveau, cette entente avec mon père ?

— On a trouvé un terrain d'entente, une terre de paix.

— Laquelle ?

— Toi.

Le soleil s'est levé sur ta face.

On a fini par passer à table.

À un moment, ma main est venue se poser sur ta cuisse. Ma main qui chercha la tienne avant de la saisir, sans pudeur, sans penser. Puis, mes doigts ont écarté les tiens et se sont fichés dans l'espace destiné à les accueillir. Il y avait une forme de complétude parfaite dans ce moment. Ton vieux continuait de cracher son fiel contre les politiques et à scruter son âme dans le fond de son verre, comme nous on le faisait pour connaître notre âge à la cantine.

Tout de même, j'en revenais pas qu'on ait fait ça.

Je veux dire : cette situation juste improbable qu'on n'aurait même pas pu s'imaginer y a quelques années. Un putain de tableau surréaliste, même. Cette espèce de vague cellule familiale reconstituée qui était tout sauf naturelle avait son petit charme. Je sais pas si je devais ça au fait que j'avais plus aucune famille depuis un bail, mais y avait comme une forme de logique, de complétude.

Y avait rien qu'un ersatz de famille recomposée. Une tribu bizarre. Composite. Dysfonctionnelle. Un peu bancale. Pas conventionnelle. Plutôt moderne et inattendue.

Après le dessert, j'ai sorti un spliff et j'ai lancé une invitation à Maurice.

— Maurice, je vous ai laissé un petit joint sur le coin de la table du salon… On sait jamais, quand vous serez à court de cigarillos. Je vous promets, ça sent mille fois meilleur et ça envoie du lourd.

— C'est ça, ouais ! il a crié en souriant presque.

Je me souviens comme t'étais heureux ce jour-là. Après bouffer, on a laissé la table à l'état d'épave, un festin pour les mouches. Tu déambulais dans le jardin en fredonnant, en regardant tout, les arbres, les feuilles, les oiseaux, l'herbe sous tes pieds nus, la façade de la maison avec ses fenêtres ouvertes, et j'imaginais bien la voix off résonner dans ta tête te dire que t'avais failli manquer tout ça.

Je revis tout comme au présent.

Mon corps se lève malgré moi, et je viens à ta rencontre.

Je te prends dans mes bras et je te lâche plus. Ton père continue de nous regarder et je crois voir se pointer un rictus sur sa face jaunie, un truc informel qui ressemble vaguement à un sourire, un sourire qui aurait été trempé dans le vernis de la gêne. Mais je m'en tape. Ton petit corps vole, tout collé au mien. Tes pieds touchent plus terre. Tu chantes dans mon cou un truc répétitif alors que je te fais tourner autour de moi-même comme la Terre tourne autour du Soleil. *And we dance, we dance, we dance, we dance…*[26] Plus tu avances dans la chanson, plus tu accélères ton phrasé, et plus je tourne. Je tourne si vite que ton corps commence à se décoller du mien sous l'effet centrifuge, mais tes bras tiennent bon autour de mon cou. Je sais bien que vu de l'extérieur, ça doit sembler dégoulinant à souhait, dégueulasse même, mais je m'en fous tellement.

Je m'en balec aussi fort que le soleil qui nous cogne sur le cigare.

Tout ce que je sens, c'est ta vie qui court sur la mienne, ton haleine acidulée qui se mêle à ma respiration : ton flux et ton souffle, tous les courants de ton âme qui sont revenus.

Ce soir, je soufflerai dans le creux de ta bouche des trucs insensés que je m'étais toujours interdit d'évoquer.

Je peux déjà te dire un truc qui vaut ce qu'il vaut.

Tant que je serai là, tu danseras plus jamais seul.

La vérité, elle est là. Dans ce jardin, à cette heure-là, dans l'odeur de feu et de viande grillée, au milieu du bruissement des arbres, dans la danse pétée de deux mecs qui ont plus rien à perdre ni à prouver, dans les yeux d'un vieux témoin en pleine évolution, en pleine mutation, soumis comme moi aux effets à retardement de ton absence, celle qui a précipité ma propre métamorphose.

La vérité, elle me transperce à ce moment-là.

On est les bâtards les plus chanceux de l'univers.

De s'aimer, on est déjà des rois. Honte à ceux qui oublient ça.

Des étoiles dans les yeux, des paillettes sur la langue…

On est rois. On est rois. C'est la phrase qui résonnait dans ma tête ce jour-là, sous le soleil, dans notre jardin, là où

---

[26] Et on danse, on danse…

t'évoluais comme si c'était normal, comme si t'étais juste sorti de la salle de cinéma un instant, comme si t'avais simplement raté quelques scènes du film et que tu le reprenais un peu plus loin, en tentant de reconnecter les événements entre eux.

Là, je voyais ce que j'avais raté tout le temps. T'étais la vie, la vie même, incontrôlable, impossible à maîtriser, la flamme qui danse, celle qui devait surtout pas chercher à être domptée, parce que ç'aurait été la dénaturer, faire un affront à sa nature même, et surtout, je voulais ajouter ma vie à la tienne. De manière plus définitive, plus officielle.

Je voyais nos vies se dérouler devant mes yeux.

On serait des gamins égoïstes qui vivraient jamais que pour eux-mêmes, uniquement pour se noyer l'un dans l'autre.

Une vie sauvage et animale, pleine et égoïste.

Une vie remplie de nous.

Ouais, j'avais pas su résister à cette impulsion que me dictaient mon cœur et mon corps. Et je me joue et me rejoue ce moment, encore et encore.

Je t'avais pris dans mes bras, je soupesais ton corps de rien. Je riais en moi-même. Je trouvais ça ridicule et beau. Ton père nous regardait du coin de l'œil, mais, à notre grande surprise, il disait rien. C'était presque à toi d'être gêné, et moi d'être d'un coup empli de cette espèce de confiance franche, de fierté même, d'alignement avec moi-même dans ce que je faisais.

Je me surprenais autant que toi.

Ton père, il faisait mine de détourner le regard, mais il continuait de nous zieuter à la dérobée, l'air de tenter de jauger le spectacle qui s'offrait à lui. De le déchiffrer. De s'habituer, peut-être.

— Tu fais quoi… ? Il nous regarde, là…

D'un coup, c'était toi, le Père la pudeur.

— Je peux pas te prendre dans mes bras, maintenant ?

— Ça te ressemble pas… Qu'est-ce qu'il t'arrive ?

— J'ai pas le droit ?

Tu me regardais, tes yeux fixés dans les miens, avec une forme d'incompréhension, de gêne, puis de contentement. Je pouvais sentir tout ce qui passait en toi, tout ce qui te traversait. Mes bras soutenaient ton corps et je voulais que cette proximité, on l'ait le plus longtemps possible, tant qu'on le pouvait. Je palpais, je palpais ton corps jusqu'à plus me contrôler, comme ce couple dégoulinant du train. La réalité de leur voracité, la façon dont je les avais regardés avec condescendance me revenait en pleine gueule à la vitesse TGV et avec elle, la force d'une révélation, assortie d'une putain d'ironie.

Soudain, je comprenais.

Tu m'as appris l'amour.

Ça, j'ai pas pu te le dire, seulement l'écrire. Y a des choses comme ça qui se disent pas, qui font encore un meilleur effet quand elles restent loin des mots, suspendues quelque part sur le fil d'un regard.

Avec les lauriers sur nos têtes, on était les vainqueurs de cette vie de chien.

Ce qui était sûr, c'est qu'on allait la tailler selon nos besoins et nos envies. Ouais, on se ferait du sur-mesure, toi et moi.

Tu fondais dans mes bras, avec ta bouche tout près de mon oreille. T'étais ma plaie et mon soleil, et je voulais pas faire l'économie de l'un ni de l'autre.

— J'ai l'impression que je suis mort et que j'ai atterri dans une nouvelle vie… tu m'as confié.

— Non. C'est la même.

C'était juste ton absence qui avait modifié ce monde et la façon dont je le voyais.

Je crois même que je t'ai écrit un roman, un roman d'amour. Tu vois, on se connaît jamais vraiment à fond. Avant, je voyais l'amour uniquement comme une abdication, une dépose d'armes au pied de son propre bourreau, le creusement de sa propre tombe, mais, la vérité, ce pouvoir de lumière ou d'ombre que je t'ai donné, et que tu m'as donné, c'est précisément ce qui en fait tout le charme. Le fait que tu puisses me mettre K.O et que tu le fasses pas. Ou du moins, que t'aies décidé de plus le faire.

Je t'ai donné les plans de ma forteresse, et malgré ça, tu me détruis pas.

T'essaies de te faire une place dedans. De l'habiller de tes chandelles.

J'appose le point final à mon carnet.

Je le garde encore un peu avec moi. T'imagines pas le poids de tout ce qu'il renferme.

Bientôt, je te l'offrirai, et là tu sauras.

Bientôt, on se tiendra fiers et nos regards crieront à leurs faces un mot.

Un seul.

Victoire.

T'es mon premier, mon ultime, mon alpha, mon oméga, ma putain et mon pur.

Même si c'est pas destiné à durer, même si c'est voué à pourrir, ça changerait rien à tout ça.

La victoire revient à ceux qui se sont aimés.

J'avais une pensée pour nos amours de bitume. Mastoc. Indestructibles.

Avec toi dans mon cœur, je rayonnerai comme jamais.

Je me sens soldat de lumière.

Alors qu'on faisait mine de danser, tu m'as demandé :

— T'as fait quoi pendant huit mois ?

Ta petite gueule curieuse de tout, des yeux en perles, la bouche entrouverte, attendant les mots qui en tomberaient...

Qu'est-ce que je pouvais bien te dire ?

Je t'ai attendu, je t'ai aimé comme jamais, je me suis fumé le cerveau à savoir ce que j'allais faire de toi, de nous, de tous ces trucs inscrits dans ma cafetière et qui me tortureraient pour l'éternité si tu t'éteignais, je me suis accroché à cette entité bizarre qu'on formait à nous deux et j'ai prié pour que tu reviennes.

Et au final, j'ai tout consigné. Ouais, j'ai écrit tous ces trucs pour que tu reviennes de tes limbes. Ça doit servir à ça, d'aligner des mots quelque part ; c'est une convocation. Rien de plus que ça.

J'ai célébré ta vie comme si t'étais déjà mort pour mieux te ressusciter, pour rendre visibles et vivants les jalons de notre histoire. J'ai tenté de trouver des portes de sortie, des fins acceptables, et à aucun moment j'aurais pu m'imaginer celle que tu m'as offerte. Je te remercierai jamais assez de pas m'avoir laissé seul et de m'avoir donné l'occasion de profiter de toi. Je sais même pas qui remercier pour ce courant qui se balade encore en toi.

Je me suis perdu en mots tant que t'avais les yeux fermés, et maintenant que je peux les voir s'allumer, y a rien qui me vient. *Blackout*[27]. *Knock-out*.[28] Je me dis que tout reste à faire, à montrer. Mes mains se séparèrent de mon cerveau et commencèrent à se poser sur tes bras, juste pour le plaisir d'apprécier ton corps, ton corps plein de vie, qui bougeait de lui-même, comme habité par cette magie qu'on ne savait encore vraiment bien expliquer, tu sais, en dehors des fonctions cliniques de base, l'âme.

Elle est là, ton âme : dans la façon dont tu me regardes ; c'est l'addition de tes sourires, les mots que tu choisis, tes silences aussi.

C'est ça qui avait manqué.

Tout ce qui déborde, tout ce qui va au-delà du corps…

Parce que nous deux, ça a d'abord été une histoire de corps, de plaisir, de physicalité. Aujourd'hui, je peux le dire : je me suis lié à toi plus intimement que jamais, et bizarrement,

---

[27] Trou de mémoire.

[28] Assommé.

ç'aurait pas été possible sans ce qui t'est arrivé.

— Je te raconterai...

Ton sourire à ce moment-là, c'était ma récompense, ma victoire, ma raison de tenir debout. Tes petites dents courtes se sont découvertes avant d'être noyées par une gorgée de limonade. T'as reposé ton verre et d'un coup, j'ai trouvé que le blanc t'irait pas mal non plus. Qu'il manquait un truc à ton doigt.

C'était comme un dessin en creux.

Je le voyais déjà, cet insigne discret, comme un secret, un pacte circulaire qui voulait tout dire, une rambarde, un garde-fou assez solide pour t'empêcher de tomber, de repiquer dans les abysses de la connerie, dans les abîmes que tu pouvais pas t'empêcher de visiter.

Rien me semblait trop beau pour toi.

On méritait le meilleur et on serait des princes.

Et là, je pense aux mots. À leur pouvoir. À celui que j'ai trouvé en eux en t'écrivant.

Je me suis dit que je voulais que soient inscrits quelque part nos deux noms. Que quelque chose subsiste après nous et dise qu'on s'était agrégés, toi et moi. Même si ça durait pas. Même si on était plus là.

Y aurait nos noms accolés, et cette inscription durerait plus longtemps que nous-mêmes.

LOUP PETITBON & RAYANE MOKRANI.

Ce serait comme si notre amour nous survivrait.

Comme si, en fait, on n'avait jamais été que des instruments destinés à jouer cette partition, des marionnettes utilisées pour faire vivre ce sentiment. Des figurants au service de la pièce dont on saurait jamais vraiment laquelle elle est, dont le titre même nous échappait, une pièce dont on ne verrait jamais le rappel.

J'avais plus que ça en tête. Nous associer. Rien que pour le plaisir d'afficher un majeur à la face de la mort qui viendrait toujours trop vite.

Je te voulais comme partenaire et associé, sans savoir la forme que ça prendrait.

Ma mémoire se la joue boule à facettes, toupie, platine qui tourne à l'infini.

Tu continues de tourner, vissé à moi. Ça dure dix secondes en tout et pour tout, mais dans ma tête, ça se multiplie, ça fait des petits. T'es mon satellite, je suis ton astre, ou l'inverse, je sais plus bien. Le monde tourne autour de nous, et tu chantes, mal, entre des cris et des rires que tu peux pas retenir, la chanson que te dicte ton âme.

Oh, how I've missed you
Oh, I wanna kiss you
And then we dance
Woven in each other's tissue
Fill all my holes with you[29]

C'est le moment des dernières confidences.

Quand je pensais à toi et que j'étais seul, j'étais rien qu'une coulée de larmes.

J'existais plus en tant qu'individu, mais en tant que phénomène.

Je m'identifiais à la pluie. Maintenant, je t'associe à ce goût salé, à cet étourdissement qu'on éprouve après avoir chialé ses morts. L'expression est bien choisie. T'avais pas encore glissé complètement, mais c'était pas loin.

Je me le répétais tous les jours.

Je pense à tous ces mots snobs que je croyais jamais utiliser un jour, que je connaissais même pas, pour certains, qui trouvent tout leur sens aujourd'hui. Ils se révèlent. Ceux qui m'ont aidé à bien brosser toutes les nuances de ma peine.

---

[29] Oh, comme tu m'as manqué / Oh, je veux t'embrasser / Et ensuite danser / Tissés l'un dans l'autre / Remplir toutes mes aspérités de toi.

Ils m'ont donné la capacité d'avoir plus de latitude dans l'expression de la visite de tes propres altitudes et de tes propres descentes. Ça te colle l'illusion de pouvoir extirper de toi infiniment plus de choses. Tu te déterres. Tu te cures. Tu grattes là où y a matière. Tu déloges les tumeurs, les excroissances tubéreuses qui colonisent ton âme et l'empoisonnent de leur fiel. Tu te laves encore plus fort que dans le silence. T'essaies de retrouver la pureté perdue. La quiétude de l'âme. Tu tentes d'apaiser tes eaux troublées, celles que le monde et les autres viennent sans cesse agiter ou faire se rider en balançant des cailloux dedans.

Tout ce que tu as été, tout ce que t'es pour moi, tout est là-dedans. Dans la boîte. C'est mon bijou. Mon trésor.

Tout ce que je ceinturais dans mon torse en coffre-fort.

Tout ce que je retenais jusqu'à présent.

Tout ce que j'ai jamais voulu dire.

Tout ce que je m'apprête à t'offrir.

Y avait ce mot tout con qui me faisait presque peur, tellement il me semblait grand.

Amour.

L'amour, c'est le synonyme de la vie, l'autre nom de la victoire.

La victoire, elle a pris ton nom, et je sais pas encore comment, mais elle va y mêler le mien.

Bientôt, je prendrai ta main dans la mienne, elles se lèveront d'un seul homme, l'homme qu'on forme toi et moi, elles s'élèveront au-dessus des autres, et nos bras en direction du ciel décriront un signe chelou, et nos doigts fichés les uns entre les autres composeront déjà un insigne qu'on sera sans doute pas les seuls à voir, mais qu'on sera les seuls à comprendre.

Personne pourra nous mettre dans la sauce ni même nous atteindre.

On volera trop haut pour eux.

Dans leurs yeux, sur leurs faces et leurs sourires tordus,

y aura peut-être que du jugement, de la fumée et du fiel, mais dans les nôtres et jusqu'au bout de nos doigts, y aura rien d'autre que des rivières de miel, des cris remplis de soleil.

Ce putain de mot comme une auréole autour de nous et qui, sans dire son nom, se verra à des milles à la ronde.

Nos bras terminés par nos mains liées.

Le A sous-tendu, en miroir, comme une image inversée, incomplète et visible uniquement de nous, un A minimaliste, tête en bas comme symbole de notre amour tout pété, aussi précieux qu'imparfait.

Pour les autres, contre les autres…

Le V de la victoire.

Le V de la vie.

Remerciements

FARIDA, prêtresse de la « CDT », pour sa force de travail à faire pâlir les Titans alliée à la douceur de mains de fée, veillant toujours à affûter, à effiler sans dénaturer, par respect pour le Saint Texte.

GAËLLE, d'avoir passé au tamis mes mots. De continuer à les lire. De me faire le privilège de lire les siens. De continuer à voir la beauté partout.

SAMANTHA, pour son œil affûté, sa mémoire infaillible, son indéfectible, que dis-je, son irréductible bonhomie.

CÉLINE, pour sa lecture attentive, son temps précieux, son amour des personnages.

Merci à toutes pour la pluralité de vos regards, d'avoir œuvré chacune à votre manière à rendre mon texte plus poli et le plus appréhensible possible.

PUBLICATIONS

LE MORCEAU DE SOI BLANC, textes poétiques, 2020.

CELUI QUI REGARDAIT LE CIEL (Les garçons dérangés, T.1), roman, 2020.

LE CHEMIN DE LA MAISON (Les garçons dérangés, T.2), roman, 2020.

CONTREPOINT (Les garçons dérangés, T.3), roman, 2021.

CARBONE ET DIAMANT, nouvelle, co-écrite avec Gabriel Kevlec.

JOURNAL DE LOUP (Les amours de bitume, T.1), roman, 2022.

À LA POURSUITE DU RAGONDIN STELLAIRE, nouvelle, 2022.

POINT & POMME D'AMOUR (Les amours de bitume, T.2), roman, 2022.

L'ÉPIPHANIE DE L'ORIFLAMME, roman, 2022.

LES PEUPLIERS CÉLESTES, textes poétiques, 2022.

LES AMOURS APOCRYPHES, nouvelle, 2023.

LOUP-LÈS-LIMBES (Les amours de bitume, T.3), roman, 2023.

Printed in Great Britain
by Amazon